像白鹭
寻找池塘

罗晓玲　著

北方联合出版传媒（集团）股份有限公司
春 风 文 艺 出 版 社
·沈阳·

图书在版编目（CIP）数据

像白鹭寻找池塘／罗晓玲著. -- 沈阳：春风文艺
出版社，2022. 12
ISBN 978-7-5313-6369-9

Ⅰ. ①像… Ⅱ. ①罗… Ⅲ. ①散文集-中国-当代
Ⅳ. ①I267

中国版本图书馆 CIP 数据核字（2022）第 235710 号

北方联合出版传媒（集团）股份有限公司
春风文艺出版社出版发行
沈阳市和平区十一纬路 25 号　　　邮编：110003
成都兴怡包装装潢有限公司印刷

责任编辑：韩 喆　平青立		责任校对：陈 杰	
装帧设计：力扬文化		幅面尺寸：145mm×210mm	
字　　数：170 千字		印　　张：6.875	
版　　次：2023 年 3 月第 1 版		印　　次：2023 年 3 月第 1 版	
书　　号：ISBN 978-7-5313-6369-9		定　　价：52.00 元	

目　录
CONTENTS

第一辑

远和近的苍茫

远和近的苍茫

一

"我们必须接受失望，因为它是有限的，但千万不可失去希望，因为它是无穷的。"每次从县城出发去往扶贫小村的路上，我都会想到马丁·路德·金这句话。就像夜行人吹口哨给自己壮胆一样，在扶贫的这条路上，我喜欢用这位牧师的话来给自己打气。

驱车摇晃在坑坑洼洼的村路上，整个人的肌肉都是紧绷的，当底盘还是不可避免地被重刮时，身上的肉就像被剜走了一块似的无比心疼。"再这么下去，"一起扶贫的伙伴开玩笑说，"别人没脱贫，自己都贫了。"每次我们埋头填那些表格，就像扑在一堆乱草丛里找一把丢失的钥匙，把自己弄得眼花缭乱。

现在，我在一个偏远的贫困户家逼仄昏暗的房子里，使劲地把扶贫手册上原来的数据擦掉，再填上新的数据，水田、旱地、人口、民族、养老保险、医疗保险、雨露计划、工资收入……数据是不稳定的，为了保持手册的整洁，我们像小学生一样学会了用涂改笔和修改液。我们可以不知道自己家属的具体收入，但我们必须了解自己帮扶的贫困户的收入，甚至我们了解贫困户要胜于了解我们自己。

　　不记得是第几次填写和修改数据了。许多时候，单一数据并不足以反映千变万化的人间万象，比如谁家卖谷子有收入了，得加上产业收入；谁家媳妇又生了个娃，扶贫手册上得改；谁家孩子考上大学了，你得赶紧拿出雨露计划。县级手机扶贫系统得改，国扶系统里也得跟着改，一个数据的修改会产生多米诺骨牌效应。

　　仿佛一个人独自穿越在茫茫大漠之中，黄沙漫漫，风尘卷卷，没有尽头。

　　沙漠？去年的这个时候，我已经在敦煌鸣沙山，站在极具诱惑的弧线下，看着一座座黄灿灿的沙丘在天空下绵延起伏。它们释放着浩瀚、苍凉、雄浑的气息，让我目瞪口呆甚至忘记呼吸。我仿佛看到了两千年前的张骞带领驼队缓缓行进在茫茫的丝路之上，又仿佛看到了玄奘法师手持禅杖，背负行囊艰难地徒步在西天取经的漫漫沙尘中。这是迥异于家乡小桥流水的别样景致，这是我在南方小镇一直心驰神往的诗和远方。

二

　　月牙泉在鸣沙山群峰环抱下，如一弯新月镶嵌在沙漠里。这是漫漫大漠中独有的一处山水奇观，是茫茫沙海里难得的一方生命绿洲。我沉醉于这处被称为沙漠奇迹的绝世风景里。

　　鸣沙山有一座用于滑行的主沙丘，这座沙丘与月牙泉遥望相对，可以俯瞰整个月牙泉全景。这座沙丘应该有五六十米高。在沙山倾斜的脊背上，两根刚硬笔直的铁丝线被平行地拉上山顶。在两根铁丝线的中间，横着固定上一根根原木。这样，游客就可以踩着原木，不必那么吃力地爬到几十米的高处，看对面那片罕见的沙漠绿洲，又可以从山上坐着滑板疾驰而下，享受沙上逐浪的快乐。

沙山唯一的索道上，向上攀爬的游客已经被索道串成了一条线。我们小心翼翼地踩着原木一级一级地往上走。原木不到一人肩宽，我们轻装上阵，仍不可避免地踩偏到沙粒中去，整个身体随即跟着塌陷，再拔出来时，身上的力气像被沙漠无形地吸走了不少，人又虚弱了些，再往上走几十步，人就快虚脱了。

身边不远处，有游客从几十米高的沙丘上飞速滑下，惊叫声此起彼伏。

才上到沙山的三分之一，我就已经气喘吁吁，喉咙像要喷火。从包里取出水灌了几口，那些水一到身体里，就立即被蒸发了。周身被炽热的光包裹着，剧烈的运动，让心脏加速跳动，整个人有些透不过气来。很累，我甚至想从索道原路退回。可是一回头，后面跟着的旅客已经站满了长长的索道，原路返回是不可能了，只能往前走。

前面的行人突然停了下来，整支队伍也跟着停了下来。我听见周围的人粗重的喘气声，他们散发的热气，提升着周边的温度，让我感到一阵莫名的烦躁。

"咦，怎么不走了？"后面有旅客嚷嚷，我想他们与我一样，目的已经不止于征服这座沙山，而是想快点结束这场艰难的攀爬。

声音是从后面传来的，一个接一个，每个人的眼睛越过前面的人，往队伍的更前面找原因。我也往前看去，发现就在与我相隔的几个人的前面，一位背着十来块滑板的搬运工停在原地，气喘吁吁。

滑板是用实木做的，每块滑板做成舟状，中间凹空，两端微翘，这样的结构，正好能容纳一个人坐在里面，就像乘坐一叶扁舟，从沙丘上急速地滑下。每块滑板重量自然不轻，我数了数，他的背上一共八块，左右手还各拿着一块。一根胶带把他的身体和滑板捆在了一起。他的背已被压弯成九十度，远看很像乌龟驮着一具重重的壳。我看不到他的脸，只看到蓝色上衣露出滑板的部分干枯而凌乱。他前面的游客继续往上走着，与我们的距离越来越远。而他身后的游客，被他的停滞堵在后面，像一条淤塞的河流。

三

九十度，奶奶的脊背也已经弯成了九十度，像一把老旧的镰刀，把八十多年的光阴全数收割在了她银白色的鬓角上。此时她轻轻的一声咳嗽，把我唤回了那间幽暗的屋子。

"天然汽"要改为"天然气"，驻村干部前两天对我说。他们经常进村入户检查我们的手册有没有填对，扶贫政策有没有上墙。一次次强调，再一次次检查，不厌其烦。

有这个必要吗？我常常想，就为了改这个字和增加本月的工资收入，我们又耗了大半天的时间在村里，把一堆重要的工作堆积在办公桌上，而我回去还得花上下班时间将它们像理乱麻一样地理清楚。我找修改液，但修改液用完了。我用橡皮把"汽"字擦去，结果用力过猛，"汽"字被我擦出了一个洞，我只好找了一个空白纸，从边缘撕下破洞大小，涂上胶水，将那一小块白纸从后面小心地粘上去，然后等着那个被修补的纸洞干爽过来。

三伏天，天气闷热，旧式的房子不通风，只有一台旧落地扇在转动。扇页在昏暗的光线里旋出白光，我的扶贫手册被吹得哗哗直响。

　　整个房子里只有奶奶陪着我，她稀疏的白发被风扇扇出的风吹起又落下。她坐在我身边的木凳上，一边看着我写，一边偶尔跟我说几句话。她等着我把册子写好，好在手册上按下手印。她从不问那些本子上写着什么，她相信我。但她不是我的帮扶对象，她的三儿子和四儿子才是。奶奶跟大儿子过，大儿子、三儿子、四儿子都是贫困户，只有二儿子不是。几个儿子的扶贫手册都放在她住的大儿子家，大儿子、三儿子跟四儿子都在外地打工，所以我下村只能找她。我也是她家为数不多的造访者。来得次数多了，奶奶就把我当亲人了。

　　"妹，我去做饭，你在这儿吃饭。"她的话还没有落地，人已经起身到厨房去了。

　　我说："奶奶，不用麻烦了，我一会儿就走，同事们还在等着我一起回县城呢。"

　　"吃了饭再走。"奶奶的声音从厨房里飘出来。她生于新中国成立前，一岁多的时候，被人从大瑶山里抱了出来，送给了现在的这家主人。她在这个家长大，为新家招郎上门，生儿育女，在几亩地上耕种了一生。她几乎没出过县城，不识字，对于扶贫这件事，完全听我的，但在吃饭这件事上无比固执，无论是不是吃饭时间，无论我有没有吃过饭，她都要去给我做饭，仿佛除了吃饭，她再也找不到什么方式回馈我的劳动，并且意图与我多待一会儿。我拦不住她，只好由着她了。

　　厨房里已经传出了做饭的声音。菜刀剁在砧板上，这敲击声那么熟悉，又让我的思绪回到了鸣沙山搬运工身上那些相互碰撞的滑板上。

四

一分钟，两分钟，时间仿佛凝固了，那位搬运工还没有歇过气。后面越来越多的游客不明就里地抱怨起来。有些游客宁可离开索道踩入沙土一步一步地向上走，也不愿意待在原地被太阳炙烤。那位搬运工终究是听到了一些抱怨的，他提了提气，开始艰难地挪动脚步。

除了那堆滑板，他的身上别无他物。没有水，也没有遮阳的帽子，只有一副橙红色的防沙脚套醒目地套在双脚上。他是无法也不能挺直身子的，一旦抬起身子，木板的重量会将他的身子往后带，整个人都会仰翻过去。他只能弓着腰将左右手上的板子立起来，支撑着身体保持平衡，好喘口气。等缓过气来，才又开始一步一步地往沙山顶上艰难地攀爬。上到沙山近三分之二的时候，沉重的负荷逼迫他又歇息了一次。我看见他每迈开一步，脚都在颤抖——这是体力透支的反应。这·次歇息的时间更长，喘息更重。

又过了漫长的十多分钟，我们跟在搬运工的后面，终于攀上了山顶。

终于可以在沙山顶上坐下，欣赏美丽的月牙泉，还有对面沙丘的景致。远处往沙丘上攀爬的人流，在巨浪般高耸的沙丘上，像飙浪的人飘移在浪尖。我拿出相机开始拍照，这绝美的沙漠风光我要把它尽收眼底。

一个身影闯进了我的镜头。是他，蓝色的衣服，下端干枯而凌乱。我第一次看清了他：黑褐色的瘦脸，鹰钩鼻。他已将身上的滑板卸下交给老板，踩着软软的沙土，挺直腰板一步一步地走下山去。

他搬运上去的滑板，很快转到了游客的身上。那些游客交了滑行费，坐在滑板里，只一会儿工夫，就从他身边迅疾地滑过去，发出一阵阵刺激又满足的尖叫。而他使尽全力搬上去的滑板，已经先于他回到原来的地方，等着他再次叠起运往山顶，再次重复艰辛的攀爬。这情景突然让我想到了希腊神话里的西西弗斯，他每天努力地推着一块大石上山，到第二天，石头又回到原处，他又要重推。天神将此作为无尽的折磨对他施以惩罚。在加缪的笔下西西弗斯内心并没有为所受的惩罚所累，反而在推动大石的路上，看到了美丽的风景，他陶醉于其中。最后，因困境中对美的领悟超过了困顿本身，西西弗斯被赦免了苦刑。

我不知道这些搬运工，是不是也有着西西弗斯的乐观。也许他们正为生存而忍受劳苦，也许正为从中拿到了劳动报酬而欣慰。

下山的时候，我看见那位搬运工的同伴们，每隔一段距离，也像蜗牛一样，背着重重的"壳"，往山顶爬去。

五

厨房里的菜香飘了出来，把我的思绪又带回了屋子。以往如果时间允许，手册填完，我会去帮奶奶做菜，但现在，我还得打电话先把他们的工资弄清楚填好了再说。

我曾从同村人的口中得知，奶奶嫁的是一个十足的恶棍，在世时坑蒙赌骗无恶不作，而奶奶的命运可想而知，她经常被丈夫打得鼻青脸肿，甚至在田地里劳作都会被暴怒的丈夫打昏过去。我常常想，她是如何走过了这六十年。

她的丈夫几年前去世了，她终于有了平静的生活。按照政策，我知道奶奶有高龄补贴，再加上几个儿子不时寄些钱回来，她的日子还不算太差。

要询问收入了。拨通奶奶四儿子的电话，电话响了许久没人接听。再次拨过去，终于接通了，但声音是四嫂的。

"四嫂，四哥在上班哪？"我问。四哥跟四嫂都在广东打工，但四嫂身体差，只是陪着四哥在工地上做一些简单的工作，给他做做饭，缝缝洗洗，基本没什么收入。四哥则是帮人做水泥工，这种不需要任何文凭，只需要力气的苦力工，村里好多男人都在做。

"妹，你四哥在市里住院十多天了，大城市医院花费太高，我们回到了市医院。"四嫂有点语无伦次，声音有点沙哑。

"啊，怎么不早说，严重吗？"一种不祥之感涌了上来。我听到奶奶切菜的声音突然停了下来。我赶紧调整一下自己的语气。很明显，为了不让奶奶知道四哥的事，又为了更好地医治，四嫂她们选择了回市里。

"医生说是喉癌，现在他说不出话。"我听见四嫂在电话那边哽咽起来。

我跟奶奶说屋里信号不好，拿着电话走出了屋子。

"确诊了吗？是……早期还是中期？"我问。我觉得自己的手在颤抖，我有些不知所措，因为我从来没有想到这样的事会戏剧般地发生在我身边。之前的日子虽不富裕，可毕竟是风平浪静无灾无难。

"确诊了，是早期，过两天就动手术取瘤子。"四嫂说。我能想象她此刻正用无法选择的坚强支撑着无比虚弱的身体。

"四嫂，没事，我知道有人得这个病发现得早，化疗得好，还能活好多年的。好好治疗，会有希望的。"我用故作轻松的语气安慰着她。

　　奶奶的屋前是一条长长的巷子，另一边通向村大道，我正往奶奶房子的相反方向走，我害怕那些不祥的词语被她听见。我不敢想象这样的悲剧再次叠加到她悲苦的命运中来，会不会击垮她。

　　这时候我想起扶贫培训时学过的关于大病补助的政策，"四嫂，贫困户住院享受先看病后结账的优惠，你跟医院说一下，先不用交费。"

　　她说："但是要把贫困户资料发过来。"显然她知道这个政策了。

　　我松了口气。手册上写着他们的文凭是"半文盲"，但庆幸的是他们还不至于没有一点头脑。我也终于可以为他们做一些力所能及的事，比如带资料去市里帮他们理顺关系，比如安抚，给他们弄个捐助，等等。想到以前每次牺牲周末参加扶贫培训，都觉得那些什么大病啊，低保哇，会跟我的帮扶对象没有关系，没想到现在却派上用场了——诚然，这种用场不用也罢。

　　"四嫂，我们这边的贫困户能享受 90% 的大病报销额度，也就是你花了十万块钱医病，自己只用出一万。"我压抑住内心的慌乱，尽量用平静的语气安抚她。四嫂那边的语气果然镇定了很多。

　　放下电话，身体像卸下了一块大石头。这一刻，我突然觉得自己每天填的那个手册是那么重要，那个大病救助政策是那么的好，它可以让贫困户享受先治疗后付费的优待，还可以报销绝大部分的医疗费用。如果说绝症对于一个生命来说是灭顶之灾，那么天文数字一样的医疗费，能直接毁灭他们对生命的最后一丝希望。而搬走了医疗费用这座大山，对一个患重病的贫困户来说仅次于重生一次。

我转过身，奶奶已经无声地站在我的身后。

她看我的眼睛深邃而寂寞，那是用八十年的人生悲苦穿凿的生命隧道，所有的悲痛都已经融进那幽深的隧道里，变得无影无踪。

我牵着奶奶的手回到屋里。我跟她说四哥的病能治，她没说什么。

她的菜已经做好了，碗筷已经摆上了桌。

"下次来给我打电话，我做多点菜。"奶奶说，声音有点颤。我知道她按压着内心的悲痛，只是不想让我担心。看得出她每次都舍不得我走，每次我走的时候，她都将我的手拽得紧紧的，亲自送我走出巷子，好像生怕我不会再回到这座老房子里。现在，回头想想，那些反复修改的数据，那些总弄不明白的农业问题，一次次地牵引着我出现在这里，无意中成了奶奶孤寂中的陪伴。而奶奶的渴求，让我感觉到自己的被需要，这种感觉一次次安抚着我在扶贫工作中偶有的烦躁与无奈。那些被我认为不切实际的东西，像一根线，把我牵到了奶奶家里，现在，它又像一盏灯，正为处于绝望和黑暗中的人送去一束炽热的光芒，让他们在绝望中看到希望。

六

远方沙漠中的搬运工，此时也还在费力地攀爬吧，想起他们，我就想起鸣沙山对面的沙丘上零星生长的一丛丛的沙柳，据说这种植物为了能在缺水的沙漠中生存，把根深深地扎在沙土之中，长达几十米，直到伸向有水源的地方。为了沙土外的那一段青葱，它们的一生都在扎向无尽的黑暗并从中索取生存的力量。

这样的生命是值得礼赞的，这样的民族和人民，有理由走向美好。而这样的美好，需要我们从此岸搭建一座桥，引领他们走向光明和幸福的彼岸，我们的工作意义正在于此。

匆匆地扒拉几口奶奶做的饭菜，合上扶贫手册，我与奶奶告别，走出了村子。

落日的余晖缓缓西沉，远处山脉的轮廓渐次模糊，从山那边吹来的风夹着清新的草叶香气，让人情不自禁地舒了口气。村口，我们的车子卷起细细的尘土，又一次消失在回城的路上，坦然或焦躁，也在一并消失。

原载 2019 年《广西文学》第 10 期，曾获 2019 年《广西文学》年度优秀作品奖（散文奖）。

巷 子

一

四哥是在去年一月份去世的，不久便遭遇了前所未有的疫情暴发，中间有很长一段时间我都没有去新华村奶奶家。直到七月半（俗称鬼节）之前，奶奶托左邻右舍打了几次电话给我，让我去村里吃个饭，才结束了漫长的分离。

我有些犹豫。中元节，是个特殊的节日。按风俗，人们只与自己的家人吃饭，且晚上不轻易出门。奶奶打电话给我，我知道她一定是特别惦记我了。她不识字，也不懂用老人机查找我的电话，于是只好左邻右舍地求。后来听人说，邻居拨了好几个电话，才拨到我的。也许在她的心里，这样一个重要的节日，作为"家人"的我，应该到场。

奶奶的家人都在广东务工，唯一留在身边的大儿子也在村外给人看守果园，平时只有她一个人在家，守着一座空落落的房子。

我与他们没有血缘关系，但几年的帮扶工作，与他们有了亲密的来往，在这个家吃过许多顿饭，在昏暗的灯光下写过许多数据。逢年过节，奶奶的儿女们从远方打工回来，他们会打电话给我，要我"回家"吃顿饭。

我知道我无法拒绝这样的邀请，那位八十多岁满头白发的老太太，已经完全把我当成家里的一员了。

我曾经有意想与这个家庭保持不远不近的关系。我只是个帮扶人，把关系定位在工作层面就好。我害怕那些附生的感情，怕它们带来附生的心灵伤害。就像爱情，你若没有爱过，就不会遭受失恋的痛苦。我不想要那样的痛苦。扶贫工作终将结束，我们也将在各自的轨迹里继续原来的生活——我的朝九晚五，她的东升西落。我们之间的相遇就像一枚石子落入水中，虽然曾经激起过层层涟漪，但终究还是会归于平静，了无痕迹。

但事态明显没有按我的预料发展。扶贫工作已经收官，我也有意无意地减少了去奶奶家的次数。但我发现这一切都是徒劳。这位老太太总能找到人打电话要我"回去"，而我一接到电话也总是忍不住又回到那个村里，回到那条熟悉的巷子。

二

这是四哥去世后的第一个七月半，奶奶自然特别在乎。据说家里太冷清了，奶奶也许是这么想的吧。所以她让我过来，一是惦记我，二是多个"亲人"显得热闹些吧。

奶奶的家与村里的主干道之间，隔着一条二十多米长的巷子。巷子的这头连着村里的主干道，巷子的那头连着奶奶的家。每次跨进那条长长的巷子时，奶奶都是急切地走出来将我迎过去。她责备我总不来看她，又怪自己不会打电话。每次听到她的自责，我的内心总会无地自容——我应该多打电话来问候她的。可是每次我总是拿起电话又放下，因为许多时候，我也不知跟她说些什么。除了问候一句她身体好不好，吃了饭没有，就再也找不到更多的话来说了。而奶奶也不太会用桂柳话来表达她要说的东西，每次结结巴巴地用瑶语不像瑶语、桂柳话不像桂柳话的语言与我交流，很是吃劲。她吃劲的口气又很急，最后不免又是自责自己的话说不好。我又不想因为我的一个电话问候，最后变成她的自责，所以多次拿起电话，又放了下来。

奶奶拉着我穿过那条窄长的巷子，进门就看到两根粗粗的香烛已经虔诚地立在神龛两边，烛尖绽放着饱满的火焰。我知道那是一种供奉仪式。她松开我的手，走到神龛旁的桌上拿出一捆香，就着烛火点燃，插在了墙根的香火盆里。接着又拿出一匝铜钱纸，纸牌一样别开，放在烛火上点燃，火光一下照亮了幽暗的房子。奶奶轻轻把香纸放进香火盆里，烟雾就这样弥散开来。

奶奶又领着我，背向烟雾走出家门，在门前的竹筒里插上了第二炷香。我听见她的嘴里念念有词。随后，她又到巷子口的墙根插了几炷香，青烟袅袅地飘进巷子里，像幽灵一样消失了。

终于，我们走到了四哥的房前。奶奶看了看四哥家紧锁的大门，在他房前的一块泥地上，吃力地插上了几根香。青烟升上来，我看见奶奶在擦拭眼泪。

四哥的房子紧挨着奶奶的房子，在同一条直线上。

四哥得了绝症，在最后卧床不起的日子里，没有一个亲人回来看望他，更没有一个亲人愿意侍候他，他的屎尿全拉在了床上。最后只有垂暮之年的老母亲，拖着孱弱的身体，为他打水，擦洗身子，洗换被褥衣裳。

我接到他的死讯从县城赶到村里，奶奶一见到我就倒在我怀里恸哭。

尽管这个儿子平时暴戾成性，尽管他把家里的一切赌得精光，尽管他经常把自己的女人打得皮开肉绽，尽管奶奶生气的时候也会咬牙切齿地说：死了好。但当他真的死了的时候，她仍是悲恸不已。

四哥去世得突然，所有的兄弟姐妹都无法从外地及时赶回。但他们在赶回来之前，都打通了我的电话，让我以亲人的身份出现在了这个家里，替他们先处理后事，安抚他们的老母亲。于公于私，我知道我都无法拒绝。

时间一过大半年，现在，我站在奶奶身边，看着她拿着一匝黄色的香纸用打火机点燃。风挺大，香纸很快在飘忽的火焰中化为灰烬，被风吹得四处飘散。

三

那个死去的灵魂真的会回来吗？

悼念的场景是悲伤的，我知道奶奶心里的悲痛。但世上没有完全的感同身受，这样的悲痛我无法完全分担与取代，只能静静地看着她流泪。

那条狭长的巷子出奇地安静，村里的人都在家里吃中午饭了。这样的节日，出行的人不多。巷子里只有风在走动，有时候急得拐着弯地从这边窜到那边；有时候是轻轻地撩起奶奶稀疏的银发，像在安抚着她；有时候又把地上的香火吹得明灭不定。风在巷子里游来荡去，有时刮起我的长发，掀起我的衣襟；有时又像有人站在我身边，发出轻微的喘息。

四哥在世的时候，曾因为我把产业补助转给四嫂的事，对我意见很大。那时候他的病还没有那么严重，还能走，还能吃，还能打人。他的恶习依然不改，拿着家里仅剩的钱又去赌。为了不让那点产业补助变成他的赌资，我只好在乡政府收集账户信息的时候，把他的账号换成了四嫂的。但后来他还是知道了这件事，不仅把四嫂手中的钱抢了过去，还把四嫂暴打了一顿，从此见我便把大门一关，对我的热情一落千丈，对这事怀恨在心。

四嫂辞去了广州的工作，专门回来照顾四哥的生活起居。她可以忍受失去薪资的生活窘困，但她无法再忍受他的暴虐，这样的暴虐在他的病痛加重时，变本加厉。

八月中旬的一天，四哥突然暴怒，把四嫂的衣物全部丢出家门，怒骂着让她滚。四嫂进不了屋，便打电话让我把她带到县城亲戚家。我想也没想开着自己的车就直奔村里。对于四嫂的婚姻，我一直是哀其不幸、怒其不争的，但清官难断家务事，这么多年，遭受虐待却始终没有离开，我没有理由将自己的想法强加于她，将还能维持的婚姻纽带从中掐断。

但我是无比同情四嫂的，十分同意她出去暂住几天，等四哥冷静后再回来。但我的车被四哥截住了，四哥拿着一块十多斤重的石头横在我的车前，摆出一副与我同归于尽的架势。他恶狠狠地把四嫂从我的车上猛拽下来，又是一阵疯狂的拳打脚踢。四嫂被打得鼻青脸肿、头破血流。我本能地上前阻拦制止，四哥转身就把拳头挥向了我。无奈之下，我只好报警。四哥对我更是恨之入骨，因为他暴戾了一辈子，从来没有人敢报警阻止他的暴行。

"我们家变成这样都是因为你！"他用食指指着我恶狠狠地骂。

我没有想到，几年的潜心付出，与他建立的友善的兄妹关系，顷刻间就反目成仇。若不是因为工作，我是断然不会跟这样一个恶棍有任何瓜葛的，可是谁让我偏偏碰上了呢？我必须放下自己爱憎分明的是非观，在妥协与抗拒的夹缝里把关系维系好，才能顺利做好自己的扶贫工作。多年来，对他的劣习，我也曾以"妹妹"的身份劝说过很多次，希望用友善与亲情融化他身上的戾气，我小心翼翼地维系一种相对平稳与表面和睦，但仍然以失败告终。

这是令人沮丧的，仿佛之前的扶贫成果都随着这场决裂付诸东流。我开始质疑自己的处世方法与能力。在这样复杂的家庭关系面前，我感到无力。

几天后，四嫂还是偷偷地走了，她不想天天面对一个丧心病狂的人，哪怕这个人已经身患绝症。这么多年来，她没有过过一天安宁日子。四哥整日沉溺于赌博，稍不如意就对她拳脚相向，闹得家里鸡犬不宁，现在为了治病，家里基本生活都难以维持。她不得不外出打工赚钱，养家糊口。至于说到四哥死后由谁来处理后事，她总是恨恨地撂下一句话：他死了再说。四哥唯一的女儿，早年被四哥的暴力打了出去，到她父亲得绝症这半年多，从来都没有出现过。至于大哥二哥三哥，要么穷得无能为力，要么早就跟四哥闹翻不想再管他。因此这半年里，谁也没有回来看过四哥一眼。

妻儿兄弟尚且不管，我一个外人为什么要管？我为什么还要搞什么捐助，为什么还要自己掏腰包，为这样一个人不停地付出，还奢望他在临死前能幡然悔悟，良心发现开始孝敬白发苍苍的老母亲，善待他的妻儿？但转而又想，他是一位病人，他有治疗的权利。作为帮扶人，我有帮扶的责任。况且我知道，如果我袖手旁观，奶奶会眼睁睁地看着儿子无钱医治，看着儿子和儿媳每天闹得天崩地裂。我所做的一切全都是为了她。但现在，我已经无能为力了。贫穷和绝症让这个家庭看不起病也看不好病，暴戾，更是让这个家庭分崩离析。

四哥扬言他不会放过我。他把四嫂离去的责任全部算在我的头上。我知道这并不是一句气话，以他变态的暴戾，他说到就能做到。

很长一段时间我不再去他们家，也不敢去看望奶奶。我生怕一出现在长长的巷子，那双凶狠的眼睛会立即盯上我，那双拳头会再次挥向我。我也知道奶奶一定是生活在水深火热当中，她肯定会面临儿子的逼迫，取出仅存的一点生活低保和高龄补助。她也一定知道他没几个月活了，会默默地让着他。我已被仇恨狠狠地拒绝在这个家的大门之外，我也不知道如何处理这样的家庭关系。我想，挨过这个恶棍生命的最后几个月，所有的一切都会变好的。

那之后，我很少再踏入这个家，奶奶打电话给我，我也找理由推辞。我知道奶奶心里一定很难受，既要承受儿子不停的索取，还要承受我的疏远。

众叛亲离的四哥，终结了和大家的恩恩怨怨。至死，他也没有留下只言片语，对自己的斑斑劣迹做丝毫的忏悔。

四

突然一声汪汪汪的恶叫，一条狗从巷子头蹿了出来，对着我大叫。我吓得猛躲到了奶奶身后。那狗对我不依不饶，一边恶叫着一边直冲着我狂奔过来，龇着牙，目露凶光。

好凶狠好熟悉的眼神，我想起了四哥指着我鼻子骂时的神情，禁不住打了个寒噤。

我捂着头一边大叫一边往后躲。我生平最怕狗，从来不愿意接近狗，哪怕是那些看起来很萌的宠物狗，我也会离得远远的。因为我总是害怕它们温顺的外表下面，是一副突变的性情。

奶奶冲着那条狗猛喝，那狗后退几步，叫得没那么狂了。但停了一会儿，又开始冲我大叫，那架势仿佛要把我撕成八块一样。这时大哥也从屋里冲出来，跟着奶奶一起喝住那条狗，那狗还是不听，大哥上去对着它的屁股踹了一脚，那狗才不情愿地收住叫声，蜷着身子退到一边去。

我被吓得不轻，站在巷子中间走也不是进也不是。奶奶看我的样子，知道我被吓坏了，用瑶话跟大哥说了几句，我虽然听不懂，但能听出是责备的语气，那语气还不轻。奶奶又回头牵了我的手往屋里带，说："妹，别怕，这狗是你大哥刚从别处买回来的，认生，熟了就不乱叫了。"

饭已经摆好在桌上，奶奶完成祭祀仪式后，我们便开始吃午饭。而那狗又进了屋里，在桌子边走来走去，它依然用极不友善的眼神看着我，仿佛随时还会再朝我狂吠几声。它一会儿直接从我们吃饭的桌子下穿过，一会儿竟然就在我们脚下躺下来，而它的身体挨着我的脚的时候，我的身体僵硬得一动也不敢动，我甚至连吃饭的心思都没有了，眼睛老往桌子下面瞟，生怕那畜生又开始对我大叫起来或者突然咬我一口。

奶奶和大哥为我精心准备的饭菜，就这样被我草草地应付了。吃饭的时候，奶奶仍不停地责备大哥，话我还是听不懂，想来还是怪他带回一条这么凶的狗。大哥人老实，一边听着奶奶的责备，一边把手伸到桌子底下，把那条狗拼命地往自己身边拉，说话的语气责备中带着温柔，就像对相好的女子说话一样。而那狗也不敢造次，乖乖地躺在他的脚下，变得温顺起来。奶奶转而又安慰我说："妹，你大哥带条狗回来，做个伴，你别怕。"

奶奶这话提醒了我。大哥近六十岁没娶老婆，寡老头一个，一直在帮别人看果园，几百块钱一个月，仅能养活自己。现在没了工作，一直在家里待着。想是没有了事做，在家里闲得慌，所以就买了条狗养着，做个伴。

可这狗也太凶了。它身上的毛看上去粗糙、凌乱又邋遢，不仅面相凶，叫声也凶，怎么看都不讨人喜欢。我想问大哥怎么不买条温顺的狗，但转而又想，大哥又何来的钱买那么好的狗哇。

饭吃得很不舒心，因为这条狗，我心神不宁。

然而那狗并没有因为我曾经来过而对我变得温顺友好，后来先后入过几次村，每次走到巷子，它还是很不客气地冲我乱叫。虽然不再像第一次那么凶狠，但总是目露凶光地盯着我，对我步步逼近。我实在想不通，以我还算温和的相貌，缘何让这条狗对我凶恶如此之久？

有那么一两次当我下村快到巷子的时候，一想到那条狗，就绕道拐过去了，至于要拿给奶奶的东西，我只好托了驻村干部或同村的人帮忙转交。

五

中秋节，二哥三哥都回来了。二哥照例打电话给我，让我下村去吃个团圆饭。但我想着那条狗，推说中午要到自己亲戚家拜访，不去了。奶奶随后又拿着二哥的手机打电话给我，要我下去。这下我不好拒绝了，最后还是出现在了那条巷子里。

一到巷子，我就放慢了脚步，小心翼翼地迈着步子走向奶奶的屋子。这回还好，那条可恶的狗并没有听到我的脚步声，兴许它躺在哪个角落睡着了。

一家人团聚，大家都挺开心的。饭桌上，从广州回来的二哥三哥都在感谢我，又说着我像他们的亲妹妹之类的亲热话。一桌的好菜，鸡肉、猪肉、鱼肉，散发出香气和日子向好的融洽之气。这是几年来在奶奶家吃得最开心的一次，气氛轻松和善。

这顿饭吃得太顺利了，我总觉得少了什么。把骨头丢在地上的时候，我才蓦然想起，那条狗居然一直没有出现。以往吃饭的时候，它总是在我们身边晃来晃去，它的身体从这个脚下穿过，又从那个膝盖边大摇大摆地擦过，今天怎么不见了踪影？

我问："奶奶，那条狗去哪儿了？"

大哥抢着回答："死了。"

怎么突然就死了？我有些纳闷，每次来它都是恶狠狠要吃人的样子，真没看出来生命有这么脆弱。

"得病死了，"奶奶怕我不相信，又补充了一句，"以后来家里，就不怕被它乱叫吓着了。"奶奶说，"你想什么时候来就什么时候来，来了也别怕。"听了这话我如释重负，终于可以不用提心吊胆了。否则我真的会因为那条狗绕道而走，减少"回"这个家的次数。

我突然觉得自己的轻松表现得有些不近人情，转头看看大哥，他一脸沉默地扒着碗里的饭，头埋得特别低。

我有些同情他，他唯一的伴没了，以后即使再出去帮别人看守果园、鱼塘，也没有一条狗在他的身边做伴了，不难想象出他无聊地望着鱼塘或者果园时痴痴傻傻的样子；日子孤独而又漫长。

六

吃过饭，与一家人告辞，我准备回县城。过了今天，二哥三哥也将回到大城市继续他们的打工生活。家里就像往常一样，剩下八十多岁的老奶奶和近六十岁的大哥。

没有四哥的日子，生活终于归于宁静。大家再也不用为这样一个赌徒而烦恼。事实上我感觉到了所有人的如释重负：许多年噩梦般的生活终于被一场绝症终结了。不会再有人动不动就与他们争执吵闹，摔锅砸碗；不会再有人动不动就张嘴问他们借钱且永远也还不上。多少年了，这个家被折腾得鸡犬不宁、伤痕累累。

四嫂跟我说，她能用劳动渐渐地把债还清，让生活好起来。她是个能干的女人，我相信她。

走出巷子，步履从未有过地轻松和自然。中秋的风从巷子的另一边吹过来，不疾不徐，凉爽宜人。

突然，在巷子的另一边，又出现了一个熟悉的身影，把我狠狠地吓了一跳。我悚然立在巷子中间，止住了脚步。

这狗看上去既熟悉又陌生。熟悉的是那身皮毛还是那样凌乱；陌生的是，它比以前更邋遢了，身上还多了好几处伤痕，有些伤还浸着血迹。它看到我，不但没有冲我乱吼，反而惊惶地往后退了几步，躲到墙拐角，只露出头部怯怯地看着我，正如第一次看到它时我的惊惶。

这是以前的那条狗吗？我很疑惑，奶奶不是说它病死了吗？

我看着那条狗，它也看着我，眼神中透着悲伤与哀怨，喉中发出低低的哀号。它好像在向我求救，又好像怕我驱逐它。它不再是那条凶巴巴的狗，昔日的凶狠荡然无存。

我大声叫着奶奶和大哥，他们听到我的声音，从屋里跑了出来。

大哥最先冲过去，搂住了那条狗，哭了。

我终于明白，那条狗并没有死，为了我以后毫无顾忌地来这个家，奶奶要大哥把这条狗赶走。然而赶走一条狗何尝容易，那狗被赶走后，还是三番两次地跑回来。最后大哥只好用棍子打它，把它打到血肉模糊，那条狗才极不情愿地离开了一阵。然而流浪在外的狗依然无处可依，最后还是回到了这里，碰巧又遇见了我。

我忽然觉得眼睛一热，那条巷子在泪眼中开始变形、扭曲、模糊，最后像一团雾气慢慢消失了……

原载 2021 年《贺州文学》第 4 期

失落的果园

一

母亲说她想去果园看看。我说我也去吧。于是我跟着她从老家婶婶的房子出来，走到村外的马路边。马路的对面，是大片的果园地。如果是以前，站在这边望过去，可以看到大片的果树生长出浓密的绿叶，如海浪般在风中摇曳。但现在，绿浪不在，枯黄的杂草已经替代了它们。

我们家的果园外围已经被近两米高的蓝色挡板围住，除了一架高高的起吊机奋拉着脖子静止在园子一侧，里面什么也看不见。那圈蓝色的挡板，在萧条的园地中间显得十分抢眼。

从这一大片园地间的小路往对面走，就能直接到达我们家果园前方。我们沿着小路往果园的方向走，但很快发现这是徒劳。小路已经被高过人头的杂草淹没，满地的苍耳举着手中的刺球，等着我们一靠近就沾上来。没走多远，我们周身都沾满了刺，皮肤被扎得难受。我与母亲只好原路返回，从另一条路拐了好大一个弯才到达果园前方。

那年，父母亲在果园的前面建了一间宽敞的平房，里面放着炊具、旧家具，还有锄头、铲子、剪枝刀、箩筐这些劳动工具。这其实就是一个简陋的家了。我们在果园里劳作的时候，母亲会提前在厨房里做饭、打茶，等着那些饥肠辘辘的帮工回到房子里喝茶吃饭。每到周末，我们便来果园帮忙，大人们在园子里做各种事，孩子们在房子周围撒欢，各得其所。但现在，这间曾经给我们带来无数欢乐的房子，已经废弃了，屋前的敞棚也到了摇摇欲坠的地步。

果园连同房子都已经出租了，我们没有钥匙，由主人变成了外人。母亲明知门已经锁上了，但还是去推了推，不知道她想试探什么。门自然是推不开的，她从陈旧的玻璃窗外往屋里看了看，叹了口气。这时我们听到马路对面柏盛大叔的果园房里有一些响动，是干草被移动的声音。我们转过头，柏盛大叔正从他的果园房里走出来。

"柏盛，你怎么也在这儿？"母亲问。

"大嫂您不是也在这儿吗？"柏盛大叔苦笑。

母亲也苦笑一下，没接话。我知道，那是一种心照不宣的表情。柏盛大叔比父母亲小几岁，称父母亲为大哥大嫂，头几年帮着家里种果树，后来了解了种果的行情，在我们家果园对面也种了一片，也像我们家一样，在马路边建了个房子，与我们的房子正对着。

他们再也没说什么。柏盛大叔又拐进了他的果园房里，不知道在拾掇什么。母亲围着果园附近走了走，最后发现隔板的一处留了个入口，于是毫不犹豫地走了进去，就像进到离开已久的家一样的迫切。

我们的果园有十五亩地大小，现在装满了巨大的电缆，还有许多庞大得叫不出名字的现代化机器。三年前，果园被一个风力发电公司租了去，用来存放那些庞然大物。

那个绿意葱葱的果园早已一去不复返。

二

十年前，我居住的小城种果树成风。许多人回到农村，租地种起了果树，等果子成熟，大批出售，便能得一笔不小的收入。正好我们老家也有几亩地，父母亲商量，闲着也是闲着，跟周围乡亲的地调换一下，也可以整出十几亩来种果树。那时候老三当兵刚退役，工作还不稳定，大家一致觉得，这片果园，将是老三以后前景可观的事业。不久，父母亲果真把这些地成功地整合在了一起，又买来了一千多株果苗，在春节后的一个回南天，我们把所有的果苗都郑重其事地安放进了挖好的坑里，浇上定根水，那些低矮的苗子便在春风中整齐地摇曳起来。

村里的乡亲们也如法炮制，把周围的地都盘活起来种果树了。一两年间，村外这片高低不平的田野，都被挖机翻了个遍。那些低矮的树苗像天女散落的花枝，一夜之间整齐地排列在黄色的土地上，清澈的山风吹来，它们便摇曳起越来越肥厚的叶子，飘溢出越来越诱人的清香。

母亲经常请柏盛大叔他们来果园帮忙。村里的年轻人大多出去打工了，只剩下年幼、年老的人在家。好在在农村，年纪五十多的，都还能算壮劳力，至少比我们这些从来不做农活的要强很多。

做果农是很辛苦的，本质上就是做回农民。父母亲经常在炎炎烈日下、凄风冷雨中做着超负荷的劳动。果园前期投资多，果树种下的前三年还不到挂果期，只投入没有收成。父母亲想节约成本，所以许多事情，他们选择了亲力亲为。比如在刚平整果地的时候，果园里掏挖出了许多大小不一的石头。母亲容忍不了这些绊脚的石头，要把它们都弄走。她请了几个村里的乡亲，再发动我们姐弟堂兄弟几个当起了搬运工。这可是要命的活，一块石头好几斤，小一点的还好，我拿起就像投铅球一样地往果园边扔，大一点的，在地上推滚一阵，停一阵，再推一阵，用尽了洪荒之力才把它们弄到果园边上。太阳晒得人眼冒金星，偶尔直起腰来看着眼前这一大片果园，心里陡生绝望。这样的苦力一天都是难熬的，我无法想象要度过多少个这样的日子，才能熬到树苗长大，熬到枝头挂出金灿灿的柑橘。

晚霞下山的时候，劳动终于结束，一家人狼狈得像泅渡了几十海里的逃犯，从水里湿漉漉地爬出来。柏盛大叔和两个帮工坐在房子前喝着水，他们的衣服也都湿透了，但显然不像我们那样不堪一击，他们仍然谈笑风生，仿佛水喝下去，体力又回到了身上。

但这样的苦力并没有影响父母亲征服果园的一腔豪情。我们是周末才回一两天，但父母一星期要回好几次，事无巨细地护理着果园。可年岁不会欺骗人，豪情经常会被现实撞到腰。父母亲那被岁月锈蚀的骨骼隔三岔五会闹些情绪，不是今天闪了就是明天扭了，它们用这些皮肉之苦告诉父母，在年岁面前不能逞强。

我们帮父母按摩擦药的时候，见缝插针地建议他们多请几个工人，但这种以体恤为由借以偷懒的伎俩显然骗不了他们。他们不听，反过来责备我们太娇气，吃不得一点苦头。几天后，等身上的骨骼活络过来，他们又扛着锄头下地去了。就这样反反复复，乐此不疲。

果树一天天长大，遇到的问题也越来越多，比如下肥要到农家去买臭烘烘的牛粪。别小看买牛粪这件事，能买到一车的牛粪是不容易的，这得需要机遇，因为并不是家家户户都有。为了能在同一个村几户人家里集中买到一整车的粪，我记得母亲打了一晚上的电话，动员农村的亲戚四处打听，最后终于在离老家不远的某个村收购到了一拖拉机的粪。牛粪拉到了果园，父亲又与几位帮工一起，一挑一挑地把那些牛粪卸下来堆在果园边，而父亲又因此闪着了腰。又比如在果园装水管是必须的，为了把那些粗重的水管都铺到果园里去，父母亲得先在县城兜兜转转去买水管，然后叫人叫车帮忙拉回乡下去，再拖着又粗又重的水管铺到田园中去。在这个繁重的工作后，母亲多年的糖尿病发作了一次，住了一星期的院。又比如果树长虫要喷农药，父母亲把很重的喷雾器背在身上，药水一喷起来，整个人都被包围在迷蒙的药雾中。一园果树喷完，父母亲已经被农药浸染得浑身无力，像中了毒一样，要么全身起疹子，要么浑身都不自在。接下来的几天，便又是乖乖停工，针药侍候。

三

这样下去不是办法。我们由劝说、埋怨父母，最后变成了互相吵架。父母跟老三吵，说帮他建的果园他却总不用心；我们跟母亲吵，说他们太顽固自找苦吃；我们跟老三吵，说他不懂心疼父母却整天泡吧……一家人的矛盾从来都没有那么多过，仿佛果园的地被翻了一遍，也连带着把家人的矛盾一起翻了个底朝天。最后，我们甚至提出愿意出钱请工人干活，让父母过得轻松一些，但父母还是不愿意。我们开始找各种理由不再去果园帮忙，以此促成他们妥协。但父母除了对我们渐渐失望之外，并没有接纳我们的良苦用心，还是更拼命地把老弱的身体投进果园里，去耕种他们未完成的事业。

我们的担忧终究拗不过父母的固执，到了周末，仍会老老实实地出现在果园里，把埋怨和担忧糅成蛮力，心不甘情不愿地挥洒在那片土地上。父母亲看到我们妥协，脸上终于绽开了欣慰的笑。

大地是公平的，在苦心智、劳筋骨地折磨了我们一轮又一轮之后，终于让我们尝到了一些甜头。每年春天，母亲在果园周围种下的南瓜、豆角、辣椒、大蒜，它们被施了肥的果地滋养得丰腴娇嫩，把我们喂养得心满意足。母亲随意撒下几把西瓜种子，过几个月，瓜藤就能爬满一地，浑圆的西瓜滚得到处都是。瓜是吃不完的，我们约上亲朋好友到果园来采摘瓜果，吃不完还让他们高兴地兜着回去。在假日或者某个闲暇日，我们会买上一堆零食，来果园弄一场孜然飘香的烧烤，或者来一场欢天喜地的窖红薯，让没有果园的朋友巴巴地艳羡好久。

那几年，我们把果园作为田地之外的功用发挥到了极致。

果园在苦乐并行的坚持中，终于在第四年挂出了金灿灿的柑橘。那一年的果子虽然不多，但销售得很顺利。父亲在房子的门上用大字写下了联系电话，没几天就有好几拨人打电话过来，给出不同的价钱。这是令人欣喜的，果园开局顺利，把我们几年来的担忧推到了九霄云外。第二年，周围的果园一片接一片地挂上了果子。那些还在观望中的乡亲，看着这样的势头，也不再犹豫，下定决心开始辟地种果。柏盛大叔就是在这一批种上果树的，虽然迟了几年，但他的心里仍充满希望。

之后又是连续三年，果园受各种因素影响虽收成不算太好，但都有小赚，尽管赚得不多，但我们仍是高兴的。果园走上正轨之后，那些在摸索中被渐渐找到的生产规律，因为父母越来越娴熟的规划统筹而变得事半功倍，果园在劳动之外的田园乐趣，正越来越以诗意的姿态滋润着我们的生活。每年柑橘采摘的季节，这样的诗意就像成熟的柑橘一样饱满真切。辽阔的园地间，运果车来往穿梭，金黄色的果子在阳光下映射出一道道炫目的亮光。当装着果子的大卡车渐渐地消失在去往县城的路上时，果农们兜里或者银行账户上便多出了几万或者更多的收入，他们脸上洋溢的笑，都充斥着金色的光彩与果实的清香。

那天黄昏，当我看到柏盛大叔拿着一沓钱塞到父亲手中时，我才突然明白过来，为什么父母亲一直没有多请工人，他们把原本不多的那点积蓄，都分别借给了乡亲们，让他们也跟我们一样，有机会在这片土地上开垦出希望。

四

天有不测风云。

果园经营到第八年，正处于挂果高峰期的时候，一场黄龙病席卷了整个果园，所有的柑橘毁于一旦。黄龙病是柑橘树的绝症，一旦扩散，无药可医，除了连根拔除烧毁之外，没有任何方法能够挽回。

最先发现果树不对劲的是母亲。她在两三株柑橘树顶看见了枯死的叶子，那种枯并不是正常代谢的枯萎，而是长出的果子颜色难看，灰黄夹杂着暗青，透着一股黑死的色调。母亲预感它是生病了，但她以为千多株果树中死一两株也算正常，所以并没有太在意。直到有一天她发现周围又有几株也出现了同样的症状时，她才把这事告诉了父亲。父亲赶紧跑去看，包括附近的果园也去看了，发现几乎每家每户都有少量病树。父亲脸色大变。

我们不知道那些病毒是从哪里来的。据说这种可怕的病是一种叫"木虱"的害虫传播的，它们有蚊子一样的嘴，能像针一样地把病毒注射到果树身上，然后到处乱飞，四处传播。它们不仅很难被消灭，而且很难被遏制。病树不多的时候，父母亲请了专家来，将最初的一批果树连根拔起砍掉了。为了避免传染，连周围挨得近的也没放过。但是没有用，病情在蔓延。那些带着病毒的木虱像幽灵一样到处游荡，让连片的果树防不胜防。

越来越多的果树被传染。为了防止病源繁殖祸害更多周围的果树，父母亲只好从自己的果园开始，忍痛将整片果园里的果树连根拔起，然后把所有的果树堆在一起烧掉。十多亩碧绿的果树就这样一夜之间化为乌有。那些被拔空的树坑，像一个个伤口，血淋淋地敞在我们眼前，不忍直视。黄龙病仍然不停地肆虐整片田园。短短一两年间，周围所有乡亲的果树也大片大片地倒下了。对门柏盛大叔的果园也一样，他那刚挂果的砂糖橘也没有逃过厄运。果园还没回本，就这样没了。最亏的，是那些刚种上一两年没来得及挂果的果树，也染上了黄龙病，最后也不得不连根拔除。一大片绿油油的果树，就这样连片连片地倒了下去，最后只露出大片黑黄黑黄的秃地。

我看到损失惨重的果农，蹲在燃烧的果树前老泪纵横。那些把家里所有积蓄都投进果园的乡亲，脸上透着一股茫然与绝望。那么多金灿灿的光芒还在梦里闪耀，然而天还没亮这些光芒就被噩梦截断。

秋日依然天高云淡，但每个人的心里都笼罩着沉沉阴霾。慢慢接受事实之后，人们只好收拾起镰刀锄头，把梦想一起带回家，无奈地搁在角落里，任荒草开始占领那片巨大的园地。

也有人换了思路，在柑橘砍完之后，种上了梨树、李树或者别的什么果树，有些乡亲还尝试种上草药来弥补这大片的荒芜。可要么品种不对，要么护理不当，且规模不大，到最后，这些短暂的绿又逐渐被周围的荒草淹没。

大片大片的地就这样荒着了。很长一段时间，没有人再有勇气去重新开始。重新开始意味着重新挖坑，重新买回树苗，重新种上，然后日复一日地重复浇水、施肥、杀虫，再望眼欲穿地等上几年的时间才能挂果。如此漫长的付出与等待，等来的结果还未必如人所愿。还有那些不可预见的风雨呢，例如：一场冰雹可能一夜之间打落十分之一的果子，一场霜冻可能会把六分之一的果树冻死，一场久旱可以让果子颜值大跌……最可怕的还是像黄龙病这种无法防控的灾害，它可以让劳动人的努力一夜之间付之东流。乡亲们迟迟不敢再动手垦荒，也许是之前的创伤还没有痊愈，也许是还没有做好风险与利益之间的权衡评估吧。

总之这片果园就这么荒下来了，到处长满了比人头还高的杂草。

五

母亲在果园里转了一圈，停留了良久，终于从一大堆机器设备中转了出来。她到底在那堆庞大的机器中间找什么，我不知道。风力发电公司租用果园已经有三年的时间了，一根根巨大的发电风轮在这片土地上相继竖起，带动着时间向前流逝。

母亲对这片土地仍是恋恋不舍的，在果园租出去的这些年里，她总能找出各种理由，不时地到果园来看看，仿佛果园还会在哪天意外地长出一片果树来。我看着她孤零零地站在原本是果园的荒草中间，心里也生出一片荒凉来。

等到这个公司把所有的风力发电机都搬走了，果园该怎么办？我想问母亲，可是欲言又止。果园从最初开荒到现在，已经过了整整十个年头。父母亲已经老了，连走路都慢了许多，更不用说去操持那些繁重的粗活。果园种植失败后，他们也曾经反思过失败的原因，甚至自责没有带好头预防住灾害。那些得不偿失的乡亲，父母亲也无力帮助他们东山再起。在相当长的一段时间里，他们都觉得愧对那些无助的乡亲们。直到后来知道这样的情况并非自己的过错，也并非只有我们这个片区才有时，他们的愧疚才有所消减。而我们兄妹几个，也都有着各自的事业，整日忙碌，无心也无精力分心来经营这块土地了。

可是那些渴望依靠这片土地获取丰足的乡亲们呢？这片巨大的荒芜到底该如何收拾？

世间有没有一种果树，天生能对抗那些极端的天气，也不惧怕任何一种病虫，只需要一点呵护，就能让这片土地生长出希望？又或者有没有一种新的科技，能够克服植物中的绝症，让农民们安安心心地种上几十年的果树？然而这世上除了那些蓬勃生长的杂草能不择天气、不择地势地生长之外，没有哪种作物能在任何环境中肆无忌惮地生长，它们与人一样，有寿命，有劣根，优胜劣汰的自然规律在它们的身上无法回避地上演。

走出挺远了，母亲再次回头去看那片果园。远处，柏盛大叔一个人呆呆地站在田野中央，一动不动，像在沉思什么。

风吹来，不远处白色的风力发电风轮开始缓缓转动，大片大片的杂草在风中摇晃了一下身体又回到原处，仿佛想要诠释什么，却欲言又止，就像此刻的我一样。

人类有许多无奈，仍无法解决，一轮海啸、一次地震或一场措手不及的瘟疫，都会席卷我们构建已久的文明与希望。那些无奈就像时空中出现的黑洞，会随时把我们吞没。重创、停滞、倒退……这些残酷的词语，会一次次地出现在人类发展的进程中。而我们能做的，就是在时间里，找到破解的密码，向不断变异的世界索取更多的生存空间，去躲避和填补那些黑洞带来的荒芜。

而我仍愿意相信，总有一天，家乡这片荒废的土地，还会再绿起来的。

原载 2020 年《广西文学》第 6 期

河　床

一

　　奶奶执意要为爷爷做一场法事。

　　这样的事在二十世纪八十年代初的农村很常见，但遭到了父亲和爷爷的一致反对。爷爷是乡里的"秀才"，父亲是这乡里屈指可数的大学生。他们都是知识分子，不信这个。再说了，奶奶说的"还愿"，那是瑶族人的祭祀礼仪，爷爷和父亲都是汉族，对奶奶的瑶族习俗并不熟悉。但奶奶就是奶奶，生来倔强与好强，顾不上爷爷和父亲的反对，几次偷偷与村上的瑶婆婆合计，最后从涝溪山里请来了两位德高望重的师公。

　　爷爷已经病得快说不出话，折腾不过奶奶，只好听之任之。父亲也违抗不过奶奶，于是一场神秘而盛大的法事终于在奶奶的精心操持下，在老屋的大堂浓烟弥漫地施开。按习俗，这样的大法事只有近亲才能近距离参与，又说小孩子承受不起法事带来的煞气，全被大人支了出来。我们站在门外，头顶着门，努力地穿过门缝窥向里面，但除了能听见屋里锣、钹、鼓嘈杂地敲来敲去，间或又穿插师公悠长的念唱外，根本看不到里面的情形。我想象着奶奶、父亲、姑姑们正在里面经历着人世间不曾经历的神秘情景，又想起以前大人们说师公如何如何厉害，他们的桃木剑唰唰唰地舞动，最后一剑就刺死附在人身上的"邪灵"，让人摆脱病困，回归原形。想到这些，我内心对这样的法事充满了无限的好奇，对爷爷的身体就要恢复硬朗感到异常兴奋。

然而法事结束后，一切照旧，爷爷的病毫无起色。奶奶因为这场无效的法事多了几分沉默。

那时候，我只知道爷爷得了很痛苦的病，奶奶常常对问起的人说着同一句话："医生说他的病很毒。"然后就转过身去哽咽。奶奶总是把"医生说"三个字挂在嘴边，不知道她是要表达"爷爷病重"的确切，还是想强调医生也有说错不可信的时候。那时的农村，赤脚医生看不准病的事也时有发生，想来奶奶只是寄希望于"医生说错"，来推翻爷爷病情严重这个事实，好让她看到爷爷康复的那天。但爷爷的气色一天比一天差，呻吟一天比一天重，如何不懂医理的人，都知道这不是一种吉兆。

后来我从父亲嘴里得知，爷爷得的是淋巴癌，这是世上最痛苦的癌症之一。

我总是从来看爷爷的亲戚朋友的眼神中读到一种不祥的气息，它让我觉得，爷爷的房子里蛰伏着一个恶毒的病邪，它正虎视眈眈地注视着房子里的一切，随时会跳出来咬人一口，然后让人送命。

爷爷在他病痛稍轻的时候，由大人们搀扶着，倚着门坐在老屋门口，看远处的田野、天空。他一定想着，去年或者更早的时候，他还在田野里插着秧苗，打着谷子，或是牵着老牛走过黄昏的山岗。那时候大雁排行飞过，鸟儿在香樟树上筑窝，芦苇花此起彼伏翻涌着浪花，自然界的生命是如此自由与宽广，而他却困囿于自己的病痛中寸步难行。除了靠着回忆往事转移着病痛，爷爷只能默默地接受厄运的安排。现在，他叹着气，气息微弱，眼里布满绝望，仿佛世间的一切都让他无比地眷恋。

爷爷已经没有力气抱我们几个了，每次看我们，眼神总在我们身上来回地逗留，像要把我们的样子刻进脑海里，到死的那天也不会忘记。爷爷是个知书达理的人，所以，他比别人更清楚自己的病情。他终究是知道自己时日不多，叹息归叹息，到最后，为了不让亲戚们担心，特别是不忍让奶奶日夜为他守护操劳，他在强忍着疼痛的表情里，挤出了少许看透生死的从容。他总是安慰奶奶和家人："人总有一死，这是命，不要伤心，我只是比你们先走一步。"爷爷这么一说，周遭的人听着更难过。

我看到他的腋下、胸前、手臂上，已经长了好些肉瘤子。那些瘤子，有些像没装满沙子的小沙袋垂吊着，有些却通体饱胀，通红透亮。那些异物散布在他身上，像一个个定时炸弹，让我们害怕。我们不敢靠近他，怕弄疼了那些可怕的瘤子，只能隔着几步看着他痛苦，似乎感到一个青面獠牙的病魔正紧紧地箍住他的身体，要把他带入一个万劫不复的境地。

二

我已经不记得小时候去到那个河床，是哪个季节。只记得那时，河床已经干涸，河里泥土和石头全部暴露在阳光下。

河床有五六米宽，一米多高。河岸两边都有一片坪地，上面遍布着大片大片紫色的花，迎风绽放。坪地之外，向北，是村庄，向南，是辽阔的田野。一座松树岭把田野隔成了两片，我们村就在山岭的那边。

我和伙伴们手里拽着大把大把的花，挥舞打闹，在河床里走游龙。身后，花瓣像星星坠落在河心，连同笑声一起被我们遗落在了河床里。花与草蓬勃地夹岸生长，黄色的野菊、白色的蒲公英、粉色的夹竹桃……整个河床看上去，就像一个缤纷的百花谷。蜜蜂、彩蝶和各种叫不出名字的鸟儿在上面扑扇着翅膀，时而飞散，时而聚拢，高高低低地扑棱在花上、树上，空气变得灵动起来。我想象那些花香会传播到很远，一层层的香浪覆盖到我们的脸上、身上，撞击着我们的笑声也向远处散播。抬头，一座古老的风雨桥从半空架过。有村民赶着牛从远处的田野走近，从桥上悠然走过。岸边高于我们的头顶，之上的花丛间，矗立着高大的香樟、苦楝和松树，与低矮花丛映衬起来，有了幽深的阴凉感。

许多年了，这个百花谷依然以缤纷的颜色占领着我的记忆，甚至多次出现在梦中。梦里许多细节都是模糊的，包括伙伴的音容、鹅卵石的颜色。只有两岸茂盛的繁花像挥之不去的影像，顽固地坚守在记忆里。

那是邻村的一条河，它从高高的涝溪山里流出，途经许多村庄，一路灌溉着田野、稻谷，像灵蛇蜿蜒而来。蛇身轻柔地摆动在草木间，仿佛一直在游着，又一直没有离开过村庄，但蛇头早已伸出很远。奶奶是涝溪山上的过山瑶①，当年，她就是沿着这条河下到邻村参加赶圩对歌的。

邻村过节的时候，会有姑娘和小伙子在桥上唱山歌，谁家的小

---

① 中国四大瑶族支系之一，在旧社会，瑶族人民由于不堪忍受统治者的歧视与压迫，举家躲进大山之中，过着游耕游居的艰辛日子，被称为"过山瑶"。

伙子看上了与他对歌的女子，就会摘一束花送给她，得到应允后才开始单独约会。等到女孩子绣绣球、布鞋或者布包给小伙子的时候，就算是定亲了。村里的女子到出嫁的那天，送嫁的队伍总会绕个弯到桥上，让出嫁的女子在桥上拜三拜，然后才回到村里的正道上出村。传说善歌的刘仙娘唱着歌经过时，歌声催开了河谷上的百花，于是才有了漂亮的花谷。瑶族人喜欢唱歌，而且把能不能唱一嗓好歌作为求偶的重要条件。许多女子到百花谷拜祭，就是想用自己的诚心感动刘仙娘，获得一副好嗓子。

奶奶就是在一次歌圩中与爷爷认识的，当时爷爷这个"秀才"已小有名气，是许多姑娘青睐的对象。但那时比奶奶好看、会唱歌的姑娘多得是，爷爷的眼光并没有垂青到奶奶身上。

这下奶奶急了，回到高高的涝溪山上柴火不割，茶饭不思，把自己关在房间里失落了好一阵子。

一个偶然的机会，她从别人的嘴里听说爷爷的母亲当时正患一种病，要经常服用草药，这个消息让她眼前一亮。她仿佛看见自己的爱情像枯竭的树苗遇到甘露一样，有了生机。于是奶奶就偷偷地问乡里的老中医应该吃些什么中药，去哪儿采。老中医告诉他，治那种病有一种珍贵的草药叫铁皮（铁皮石斛），特别有效，这种药涝溪山深处有一些，还有少数就在邻村的那条河岸上。但那个河床周边，是一个姓邓的地主的田地，而相邻的河床坪地，也被他顺理成章地占有。他待人极为苛刻吝啬，任何人不得在他的地盘上采摘果实或者草药，被发现的人都将受到严厉责罚。可是，在黎明将至未至的时候，或者太阳落山后灰暗的夜色下，河床上开始闪现一个倔强娇小的身影，蓝色的粗布衣衫和红色的头帕在葱茏的花草中起伏。她背着背篓，将采摘的各种草药捋顺，用稻草捆成一束，然后趁着最后的一点余晖，将草药拿到清亮的河边，洗去泥土，才如获至宝地放进背篓，步履轻盈地哼着歌往爷爷的村子走去。

但起早摸黑地"偷"草药并不是次次都能如愿。在一个黄昏，奶奶正好找到了一棵铁皮，欣喜若狂忘记了隐蔽，被地主远远地发现了。那地主赶紧叫上家丁，冲向河边逮人。等到地主快要走到跟前时，专注摘草药的奶奶才惊觉，可这时候已经跑不掉了。情急之下，奶奶急中生智，将摘下的草药捆到石头上，扔进河里沉下去，在地主和几个家丁接近时故作歇斯底里地大喊："我是路过这里解手（撒尿）的，你们不要靠近，不然我就喊人了。"地主和家丁信以为真，又碍于奶奶是个女人，不好说什么，只好撤退。等他们走远之后，奶奶捞起裤脚蹚进河里，将草药从河里打捞出来，脸上露出了微笑。有时候奶奶也会给爷爷家砍些柴火，在田里捞一些活蹦乱跳的禾花鱼，她舍不得拿回自己家，也会偷偷地送到爷爷家去。

奶奶的"出格"遭到了很多人的嘲笑，这追求爱情的勇气在当时还是少见的。那个年代，姑娘们倒追男青年，是有悖传统观念的。瑶家的女子，要么老老实实地坐在阁楼里，绣花纳鞋，到了年龄被明媒正娶，要么大大方方地招婿上门。像奶奶这么"倒贴"，既是倒了自己的身价，也是倒了家族的脸面。奶奶迫于压力，只好暂时收敛，把终日思君不见君的苦楚，化作一首首山歌倾诉给山风。

但幸运的是，奶奶的利落能干和细心体贴深得爷爷父母的喜欢，也终于打动了爷爷。在未来婆婆的主动撮合下，奶奶终于成为爷爷的过门媳妇，当上了极有"脸面"的"秀才"夫人。

三

奶奶跟爷爷生了六个孩子，她是一个行事周全大胆的人，嫁进来后，事无巨细地把家里的事安排得妥妥帖帖。虽然家中子女多，但她用勤劳与精明将家族操持得充盈和睦。

但幸福之船驶到爷爷重病的关隘时，被撞得支离破碎。

我跟奶奶说起那片河床，问那河为什么是干涸的，什么时候才有水。奶奶说，几乎每一条河，都会有枯竭和丰沛的时候，就像一个人，身体有壮实的时候，也有脆弱的时候。说完奶奶又转头去看瘦弱的爷爷。现在，爷爷的身体也像一条快要枯竭的河，在我们面前越来越憔悴，干涸，瘦得皮包骨头。

爷爷得的那种病，在农村是看不起的，奶奶只好听民间赤脚医生的建议，弄些草药偏方去给爷爷缓解疼痛。

奶奶也曾把我带到那条河边去。那时候岸上的花所剩无几，只剩下一条枯瘦的河向远方流淌。"河岸上有好几种草药呢。"奶奶说，"以前我给你太奶奶来这里采过药，差点被地主抓了去。"说完奶奶就带着我进了那个百花谷。五十岁左右的奶奶，身体娇小灵活，她轻易就能从繁茂杂乱的灌木丛里辨出那些草药，并指着其中一些对我说，那是地蜂子，消肿止痛的，那是金银花，是清热解毒的，给你爷爷熬药，能减轻病痛。我们沿着河岸一边走，一边找。奶奶用别在围兜旁的小镰刀贪婪地割起来。但我们极少能找到她梦寐以求的那种叫"铁皮"的珍贵草药。

事实上任何草药对爷爷的病都已经起不了什么作用了，但奶奶仍不肯放弃最后一丝希望，还在执着地为爷爷找着各种草药和民间方子。她总能七拐八拐地找到各种亲戚朋友，让他们上山进林的时候帮忙采这样那样的草药。在她的倔强里，仿佛就没有办不到的事。

最后，奶奶咬咬牙把唯一的一头牛也卖了，用来支付爷爷癌症晚期越来越多剂量的杜冷丁药费。药效过后，爷爷依然疼痛难忍，奶奶就又一个人跑到百花河边找草药。好在这时候的百花谷依然有着丰盛的百草供奶奶自由地采摘，不用再害怕有地主出来阻挠。奶奶每次都恨不得把所有的草药都摘回去，心急的时候，手划伤了，身上沾满了苍耳和荆棘，有一次差点失足掉进了河里。草药采回去，有些放太阳下烘干，有些直接拿来熬药，还有一些被她舂碎了，包在爷爷疼痛的部位。只要听说什么药可以缓解爷爷的疼痛，她就放下所有的事，直奔百花谷去。百花谷没有的药，奶奶就拉着父亲或者叔叔跑回涝溪山里去找，回来时他们的手上都有了血痕，看上去就像翻越了几座大山一样，满身疲惫。

爷爷已经无法起床，躺在床上气若游丝。奶奶焦虑到了病急乱投医的地步。所有打听来的方子都要去试，那些听都没听过的偏方，奶奶也都绞尽脑汁地去搜罗。一次奶奶又从一个神婆那里听来一个"奇方"，说是要在清水里放几滴鲜羊血，放几克纸灰、几克蝎子蜈蚣……我在一边听着一边打了个寒噤。这闻所未闻的诡异方子，让我觉得害怕。我想，如果爷爷知道是这些东西熬成的，宁死也不会吃。但奶奶深信不疑。以前，羊是用来祭祀盘王的物品之一，羊皮则被制成鼓用来跳舞祭祀盘王。奶奶相信羊是能打动神灵的灵验之物，在农村，纸灰和蝎子这类东西，还是好找的，但那时候方圆几里没人养羊，养的也未必愿意为了一个方子去牺牲家里的一整只羊。上哪儿找羊去呢？想来想去，奶奶只想到涝溪山里有人养着屈指可数的几只山羊，可是拿什么去买呢？奶奶焦虑了。这次父亲坚决不同意。作为一名知识分子，在孝道上他可以最大限度地容忍那些毫无回天之力的草药方子，但他绝不同意那些胡来的民间偏方。

观念的不同导致了一场激烈的争吵，但奶奶仍然固执己见要去找偏方。争吵过后，奶奶就消失了。我们知道，她肯定是赌气回到了涝溪山里。果然，两天之后，她手里拿着个圆形的瓷器皿，上面封着盖，还兜着个渔网，兜口结结实实地打了个死结。她用手紧张地捂着盖子，谁都不许看，生怕一揭开盖子，那里面的东西就会跑出来似的。不用问，那里面一定装着新鲜的羊血。她一定是从山上上气不接下气地赶回来的，一进屋谁也不理，气喘吁吁地跑到厨房去了。

但最后的方子也没能挽留住爷爷，爷爷在痛苦中撒手归西，留给奶奶的就是那碗没喝完的偏方。

四

河流依然在流淌，只是河床上渐渐少了那个倔强娇小的身影。但她会在每年的歌圩，出现在风雨桥上，看着年轻男女们在桥上对歌，她听着那些动人的山歌，泪流满面。她一年年地变老，直到老得不能走动，老到化作一座坟茔相守在爷爷的墓旁。

时间划过三十年，邻村已经蜕变成一座美丽富裕的村庄。楼房林立，村舍整洁，红红绿绿的花草开得明媚多姿。

曾经的河床已经消失，风雨桥也不复存在，只有一条溪涧从村庄的后山流淌下来，奔向村前广阔的田野。秋日的阳光从山顶斜射在新建的风雨桥上。我倚着桥栏，听后山上葳蕤的树木在风中哗哗作响。

村前不远处，白色的塑料大棚像降落的云朵，轻柔地熨帖在黑色的土地上。那里呵护着一种珍贵的中草药——铁皮石斛，它能强身健体、延年益寿。

它又让我想起奶奶当年在河床里寻找草药的身影。她一定没有想到，当年她跋山涉水、披荆斩棘想要得到的稀有药材，今天，可以在平地上连片种植。人们还借着仍然肥沃的土地，将这种植物变成一种致富的良方。在爷爷去世的那些年里，她用医治过爷爷的土方子，治愈过村里不少的乡亲，成了半个中医。但我想，如果可以选择，谁也不愿意用亲人的病痛去换取一份久病成医的本事。

从爷爷过世的那年到现在，已经过了三十多年的光阴。人间的生老病死仍然没有减少，生命像大大小小的河流，丰沛着、曲折着，以各自的姿态在人间蜿蜒流淌，直到生命枯竭或者汇入大海。只有爱，在这漫长的人生路上，激荡起朵朵浪花让人铭刻。就像河床给予我的，不只是那个年代无法医治的病痛，还有花香，还有奶奶坚强执着的爱，它们留在记忆里，它们让我们在疼痛困苦的时候，仍有力量微笑前行。

忽然有熟悉的山歌从远处传来，悠悠地飘荡，像蝴蝶翩跹于百花丛中。

当我循着歌声望向远处的山岭时，依稀可看见爷爷奶奶的坟茔静静地并立在半山腰上。

那歌声，仿佛就来自那里。

原载《红豆》2022 年 10 期

电影、草垛或岁月的印痕

所有在时空的延伸里上演的，都是电影。没有谁能走出人生这部电影，就像没有人能走出时间。

五岁那年，我跟着小伙伴到村前的山岭上摘野果，因为年纪小，跑得慢，被伙伴们甩出好远。经过一座独木桥的时候，我脚一滑就从桥上掉了下去，额头正好撞上了桥下的一颗石头，当场昏了过去。后来，满脸是血的我被大人们看见了，他们在一阵慌乱中拉来一辆双轮车，一路狂奔把我送去了十几里外的镇卫生院。

那是我人生中的第一次重创啊！母亲和婶婶将我死死地摁在手术床上，我清晰地感觉到那根冰冷尖锐的银针一次次地刺破我的皮肤，从伤口的这边穿向伤口的另一边。因为失血过多加恐惧过度，我再一次晕厥过去。等醒过来的时候，已经是第二天了，伤口已经缝合包扎好，但仍在剧痛。母亲叫叔叔拉来双轮车，她和婶婶一人一边在车外护着，像押送贵重物品一样地把我从镇上接了回去。我蜷缩在三轮车上一边哭，一边颤抖，母亲说我的样子就像去了半条命的小猫。

母亲还告诉我，那天村里要放电影。

"电影是什么？"我躺在双轮车厚厚的稻草上无力地想，电影能治好我头上那条缝了八针的伤吗？隐约中我似乎想起小伙伴曾说过，这个东西能在一块白布上放出真人来，但那些真人又跑不出来，他们还能在里面说话、吃饭。母亲说的电影，大概就是这个了吧。我对人能在一块白布里吃饭的事产生了一些好奇，这些好奇让我战栗的哭泣渐渐平静下来。

一进村，我就看到奶奶住的晒坪上，已经有人在两棵大樟树间扯开了一块白布，三四个放映员张罗着，把机器放在白布前面，又是拽机器又是拉线地忙活着。这就是电影？

奶奶看我头上蒙着白纱布，哭着把我搂过去，骂着天杀的妖孽把她的孙女摔成这样，然后跑回屋里拿出了几颗糖果。

仿佛我生命的记忆是从这个时候开始的。在我儿时的印象中，哪怕是过年，农村的孩子都很难吃上糖果。但这个时候我居然幸运地获得了几颗。奶奶重男轻女的思想很严重，以往有好吃的东西总是先照顾堂哥堂弟，而我一直半大不小地夹在他们中间，又是个女孩，总是不受重视地被遗忘。现在，头上的创伤让我获得了难得的重视与疼爱，伤痛在这时仿佛得到了不小的慰藉。

放电影的叔叔们布置好了场地，被奶奶请回家里吃饭。我记得其中一个戴着眼镜、长得很斯文的放映员对我说："小朋友，今天晚上的电影很好看，讲的是解放军叔叔打敌人的故事。你也要像解放军叔叔那样勇敢哦，一点点伤很快就好，不要害怕！"他的话听上去充满了温暖的力量，我突然觉得虚弱的身体有了一些底气。

奶奶那天破天荒地杀了只鸡，热情地招呼着放映员们，还给我盛上了一大碗鸡汤。

村上的孩子们好像都不用吃饭了似的，盯着我头上包扎的白布，用一种分不清是同情还是羡慕的表情看我，转头又盯着放映员看，好像他们是神仙下凡一样。那时候，电影是一门红火的事业，放映员是一种令人艳羡的职业，每乡每村都争着抢着让放映队去帮他们放电影。能请到一场电影，是一件光荣的事，而那个村谁家能请到放映员吃饭，更是家族的一次莫大荣光。

爷爷奶奶的脸上自然是容光焕发的，他们摆了一桌最好的酒菜来款待放映员，但放映员们都还挺客气。爷爷给他们准备的米酒，他们坚决不喝，说是怕耽误工作，尤其是那个戴眼镜的放映员，还有点羞涩，吃饭都比别人斯文几分。

那天晚上，饭桌上最大的鸡腿被夹到了我的碗里。

天刚黑下来，晒坪上已经密密麻麻地坐满了人。孩子们要么兴奋得到处乱跑，要么坐草地上大呼小叫，没一会儿消停。正对着电影幕布的晒坪边上，堆着五六个大草垛，在夜幕下像一个个安静的粮仓。邻村四五里外的乡亲们也都过来了，大家互相招呼着，热闹得像过节一样。当一束闪亮的光束唰地一下投射到幕布上时，全场观众一下安静下来，我们村历史上第一场电影就这么隆重地开演了。

我的伤口仍在作痛，身体有气无力。我对母亲说不想看了。可是母亲说，难得放一次电影，还是看一会儿吧。说着把我抱了出去，抱到了晒坪后面一个将近一人高的草垛上。

那是一个堆得很平整的草垛。我觉得有些奇怪，这个草垛与周围的草垛不一样，一般的草垛造型就像宝塔一样，中间高，四周低，根本不好坐人。可当时为什么会有一个草垛堆得如此四方平整，像是有人把原来的草垛拆了，然后再重新堆过一样。坐在那堆厚厚的稻草上，熟悉的感觉突然让我想起昨天去卫生院的路上，双轮车上都有一层厚厚的稻草。我回到家的时候，奶奶把那些留有血迹的稻草扎成两小把，在屋前一烧，然后让母亲抱着我跨过火盆，说是去血光之灾。想来情急之中，这个草垛已经被母亲拆了用了。

我坐在上面，高度刚刚好，能清晰地看到整个晒坪上的人头，他们最高站着的人，也挡不住我的视线。漫天的星光照在我们的身上，照在灰白色的草垛上。那是怎样的草垛呀，蓬松软和，散发着阳光的余热和淡淡的稻香，像床一样温暖。那些年，每到天气最冷的日子，母亲就会搂上几捆干干的稻草回家，铺在床板上，再拿被子垫在上面给我们过冬。下雪天，母亲把稻草揉成一团，塞进我们的胶鞋里，这样，我们的脚就不至于太冷。在仍是衣不保暖的童年，那些草垛就是一个个温暖的符号，静静地标注在乡村的田野里，在农村人的心里。现在，我坐在厚厚的草垛上，身体半凹进稻草里，感到别样的安全。

母亲不知道什么时候也坐上了草垛，还带了一件外衣给我披上，然后把我搂在了怀里。我就这样靠在母亲的胸前，抬起哭肿的双眼，开始感受人生的第一部电影。

放映机在吱吱地转动，幕布上的人物一个个地出现。我看见那位戴眼镜的叔叔在机器上拨弄着什么，一位老放映员在他身边指点着说着。抬头，电影里正在激烈地打仗，有些士兵头被打伤了，他们包扎的白布与我的样子竟然很像。我在那枪林弹雨中看见许许多多士兵倒下，他们的身体被打出一个个血洞，从高高的桥上掉进河里被冲走，整条河都被染成了红色。激烈的战斗后，士兵们躺在地上一动不动，有些断了一条腿，有些没有了胳膊，有些根本看不清脸。乡亲们鸦雀无声，沉重又安静。这样惨烈的场景我是第一次见，那些血肉模糊的躯体看得我又开始心惊胆战。我又想起了自己一脸的血，于是害怕地哭起来，闹着要走，不愿意再看了。母亲安慰我说:"你看,那些解放军叔叔为了解放全中国,不怕枪不怕刀,多勇敢,你这点小伤算什么,过几天就好了。"母亲说的话怎么跟放映员说的话一样。我开始相信我的伤并不是那么可怕,还下意识地动了动自己的手脚,发现它们仍安然无恙地挂在身上时,隐隐作痛的伤口确实觉得轻了些,人也不再惊战。

那场草垛上的电影,像一剂温良的膏药,温暖及时地熨帖在我受伤的身体和心灵之上。后来每次看到头上的疤痕,便又能想起那晚的电影、温暖的草垛和满天的星光,沮丧的心情很快又会烟消云散。

没有想到十七年后,大学毕业,我的第一份工作竟然与电影有关。我被借调到电影的主管部门工作,成为与电影经常打交道的人。但工作伊始,常常觉得郁郁不得志。我曾跟领导说过想到艺术团去当一名舞蹈演员。但领导说,你去当演员,不可能啊。说完盯着我平庸的脸看了好几秒,特别是头上的那道疤痕,它从额头的一侧以对角线的姿态大摇大摆地延伸到了额头的正中央。领导的回答让我第一次清晰地认识到疤痕带给了我无法回避的"后遗症"。对于那场重创,记忆虽然已经淡去,但疤痕却无法抹去,它长在额头上,多厚的妆都掩盖不了。现在,它像一条长长的沟壑,阻断了我通向艺术人生的梦想之路。从那时起,那条疤痕作妖似的在我的眼前清晰起来,常常在我不经意的时候,从镜子里跳出来朝我狰狞地笑,让我心有余悸。后来我只好选择少照镜子,避免与这段伤痛直接对视。

巧的是,当年那位去村里放电影的斯文叔叔,已经当上了电影公司的办公室秘书,与我的工作联系最多。我们办公的地点就在电影公司的楼上,抬头不见低头见。

每次张秘书看到我，就会笑着跟我说："哎呀，小姑娘长大了，要不是你头上那条疤，还真不敢肯定你就是当年那个摔破了头的小姑娘呢。"他总是哪壶不开提哪壶，我一听就生气，常常一声不吭转头就走。

还好我可以偶尔到下面的影院去看场电影聊以慰藉。但那时候的电影院每个月才放十多场电影甚至更少，偶尔撞上一次，发现放的电影老旧，观众也少得可怜。几次看着看着，觉得索然无味，很快就走了。那在我童年中闪烁着神奇光芒的电影，数年之后，变得如此黯淡而无生气。那时是 2000 年了，家家户户都有了电视，电影放映行业不像以前那样热门。人们在家里就能看上电影，去电影院的人越来越少。很多次我听张秘书说，电影院运转困难，放映员的基本工资要靠门面出租费才能维持。我开始对电影的前景表示担忧，但我知道，我无力改变这种现状。在风云变幻的市场经济面前，我只能算一个旁观者。

一年多后，因为种种原因，我离开了电影主管部门。这一走就是二十年。

在电影里，二十年的转换只需要一个镜头，字幕上出现几个小字——"二十年后"就能完成。而我的二十年辗转走了许多单位，把人生断成一个又一个的碎片，像电影不住地卡壳，又不停往前走。当我回过头去思考这些年到底经历了什么时，回答我的却总是零星散乱的片段。

然而时代的前进并没有卡壳，新科技的出现让生活像电影场景在不停地翻新。现在，连电视都不热门了，人们拿着一台巴掌大的智能手机，就能获得全世界的资讯，更何况在手机上看个电影。其间我也会偶尔想起露天电影，以为它们作为一种夕阳产业早已被翻篇。那些曾经自信又骄傲的放映员，已经流散到芸芸众生中，从事着另外的营生。但我没有想到的是，这二十年，他们仍守着惨淡的事业，在时代的队伍后艰难地跟进。

2019 年，这一年七月后的每一个月初，我的办公桌上都会有一沓整齐的报表先于我进入办公室。它们看上去规矩而谨慎，好像生怕一不小心，就会失去这件唯一能体现他们存在价值的事情。我知道那些报表上清楚地登记着什么时间、什么地点、放什么电影、放映员是谁……去年开始，电影公司划归到我所在的单位直管，而我，又巧合地被分配负责这块工作。我与电影又神奇地相遇了。

那位斯文的张秘书，已经做了多年的电影公司经理。他的脸上已有了一个临近退休干部的苍老与沉稳，三十多年前洋溢在脸上的自信，已经渐渐枯萎成凄清的自卑。

张经理的工作非常仔细，报表准确无误，上报数据也很及时。他告诉我，电影放映公司作为企业单位，在现行的社会环境下已经不能正常运转了，连职工最基本的医疗、养老保险都无法正常缴纳。再过两三年，几乎所有的放映员都要退休了，公益电影放映将面临后继无人的尴尬境地。一部分生活困难的老放映员，仍住在二十世纪七十年代建的筒子楼里，在逼仄破旧的空间里继续着他们的晚年生活。县城的老电影院许多年没有放过电影了，现在已经成了危房，夹在高低起伏的新楼大厦间，像一块让人不愿提及的旧疤。

张经理仍会说起小时候的那场电影，说起我的大难不死现在终于有了后福。我们聊起往事时，俨然相识多年的故人。

深秋过后，天气越来越凉了。张经理决定在转冷之前完成今年所有的公益电影放映任务。他们每年的放映任务是一千多场，人少任务重。因此只能兵分三路，每两人一组分散下到乡镇去放电影。

张经理负责的最后一场露天电影，选在了一个偏远的村子。去之前，他打电话给我说："你再不来，今年就看不到露天电影了。"我跟着去了。张经理很高兴，说："你与电影是有缘的。"他这么说，又让我想起了儿时的那次重创，于是下意识地摸了摸额头上那条长长的疤。

张经理与另一名放映员把幕布张挂好，机子就位，我才发现他们的电影放映设备比以前先进轻便了，以前要五六个人才能放一场电影，现在两个人就行。今天放的电影是《湘江战役》，挺新的一部片子，但这部电影，我已经在手机上看了两遍。还会有人来看吗？我心里疑虑重重。

天黑下去的时候，看电影的群众陆续出来了，多是老人和小孩。我数了数，有二三十个人，大家坐得稀稀松松，与当年小时候看的那场电影相比，真是天壤之别。三十多年前的那个晒坪上，幕布前，黑压压地坐着密密麻麻的人，人们肩挨着肩，从晒坪前的第一排一直排到了晒坪后，排到了我的草垛下。

人太少了，渐渐吹起的秋风可以在两个人中间卷起一个旋涡。草垛，是呀，那些柔软得像棉被一样的草垛呢？我环顾了一下四周，操场边上除了几具冰冷的铁质娱乐设施外，空无一物。我问一位大娘，为什么操场上没有草垛？大娘说，哪里还有什么草垛，现在农村人割谷子，都开始用收割机了，稻草被绞进机器里，就会被碾得粉碎。所以，很少再有完整的稻草可以堆草垛了。

我想到这些年去农村，确实很少看到草垛了，只有被收割的稻草根，像坚硬的铁戟裸露在空旷的田野中，剑拔弩张地在与人间对峙。偶尔有人将残存的稻草束成一捆倒竖在田野里，或者扎成稻草人立在田间，看上去都是一副遗世独立的落寞样子。秋风刮起的时候，它们在风中来回摆动，摇摇欲坠。草垛、打谷机、织布机这些农村物什，它们曾经是农村的符号和印记，现在，已经渐渐地消失在这个高速运转的时代中。

白色的幕布上，枪林弹雨的激战场面与银幕前稀疏的观众形成了鲜明的对比。几个孩子在电影场地周围追跑，可很快又停了下来。电影放到半个多小时以后，有人拿着手机离开了操场，孩子们被大人叫回去睡觉或写作业。人越来越少，整个操场冷清得让人尴尬。

天气说变就变，风突然大了，气温也在下降。乡亲们拿着凳子陆续地回家了。电影还没有放完，操场上只剩下三个人：两个放映员，加我。

"你还记得你小时候看的第一部电影吗?"张经理似乎早已习惯这样的场面，既不责怪也不叹息，一边收拾设备一边问我。

我说："当然记得。"

"那是我人生中放的第一部电影。"他说，"今天这部，是我放映生涯的最后一部。"

我愣了，突然想起他说过，明年春天，他就要退休了。

深秋夜里刮起的冷风，吹到我的额头上，那疤痕，突然又开始隐隐作痛。而我知道，终将有人比我更痛——在时代发展变迁这场"电影"中受伤的人，还有面临着要化解这沉疴痼疾的人。

原载《广西文学》2020 年第 6 期

深山树远

一

某个冬日的清晨，很早，与朋友上一座叫黄茅岭的山，找一位护林人。他的家就在这座山的深处，一座黄色的土坯房里。

黄茅岭属于富川境内最高的北卡山的一部分，而北卡山，则属于毛主席诗句"五岭逶迤腾细浪"的"五岭"中的萌渚岭。我素来是一个地理盲，然而这逶迤的关系却让我情不自禁地把思绪拉得像半截山脉那么长。我上过这座小城境内的多个山头、洋溪山、涝溪山、大湾山、牛塘山，它们同属于一座山系中的不同山岭，脚下统领着不同的村庄。那些山脉都通了山路，山路还算宽，但今天走的这条，明显比其他山的路况要差些。

车子突然一个大转弯，把我的思绪活生生地拉了回来。山很陡，山路也很窄，以至于车往陡坡上冲的时候，车头抬高的倾斜度让我觉得不是在坐汽车，而是乘着飞机直冲云霄。发动机在轰鸣，我时刻担心它下一秒就可能不堪重负而突然熄火。如若此刻从车窗望出去，你会惊恐地发现车轮正压着悬崖边缘行走，稍一偏，车子就会翻下去。路边没有建护栏，只有稀疏的树挡着，但这根本阻挡不了高悬的恐惧。一路上弯弯拐拐，我的手一直拽着车门拉手不敢放松，胃被晃得七荤八素，早餐已经在里面翻江倒海。清晨的大雾让前路变得更扑朔迷离和险情重重。我无法想象，山上的人家出山进山一次，要面对多么长的山路和多么险的山情，他们怎么能安之若素。若不是朋友说要帮那位护林人找对象，我估计下次再也不敢来这悬得要命的地方。

"我总得知道小伙子要找什么样的姑娘吧?"朋友看着我苍白的脸上写满后悔和哀怨，委屈地辩解。我又能说什么呢，难道我不是想借他的帮扶之旅，顺便来领略这大山风光的吗?但除了跟我说找对象这件事，其他的他一概没有对我说。

车终于在我失态之前停在了一块相对平坦的空地上。十几户人家高高低低、零零星星地散落在山上，每户人家之间，至少隔上几十米远。我们去的周大叔家，住在村里的最高最深处。

山上多数人家已经建成水泥楼房，周大叔家还是黄土夯墙的瓦房，看起来年代有些久远。在野花随处可见的山里，周大叔竟然在篱笆旁种了火红的月季，这个季节仍开得鲜艳，土黄色的墙与月季的深红有着强烈的视觉对比，让人平添审美的好感。从山中引来的泉水通过一根水管接入屋旁的水缸，水满漫溢，发出潺潺的流水声。悠闲觅食的鸡群懒洋洋地晒着太阳。一边的狗看见我们后汪汪地叫了几声。

一位大叔和一位小伙子走出来，将我们迎了进去。小伙子应该就是我们要找的护林人了，大叔自然是他的父亲。小周个子不算高，但不胖不瘦，皮肤黑红，浓眉之下是笔挺的鼻梁，嘴唇厚得恰到好处，给人憨厚诚实的好感。而大叔的脸很瘦，他高高的鼻梁显得更高耸，剑眉，薄唇，大眼睛，双眼皮，七十岁的人，皮肤白皙少有皱褶，这标致的五官让我暗暗惊叹，除了在电影里，我在现实生活中几乎没有遇到过这么英俊的脸，这是被这山风溪水孕育出来的吗？

山风挺大，天气本来就挺冷，加上胃不舒服，周大叔叫我们赶紧进屋。按山里人家的习惯，进屋照例是先喝油茶。小周给我们端上了刚打好的油茶，那种颜色橙黄的、姜味特浓的茶。这让我想起了我的奶奶，她年轻时生活在另一座大山里，也打着这样的油茶，夏天生津解渴，冬天驱走寒气。几碗热腾腾的油茶下肚，身上的寒气很快被驱散，胃被养得暖暖的，舒服了不少。

二

茶后，小周换好巡山的迷彩服，手里拿了些巡山用的东西，叫我们一起朝后山出发了。

行程是从屋侧一棵笔直的香椿树开始，香椿树有着斑驳的树皮，从众多的杉树中一眼就能辨别出来。小周说这棵香椿树是他出生那年父亲为他种的，现在，这棵与他同龄的树已经有他的腰身那么粗。我发现香椿树旁有一个圆圆的树墩，那是一棵刚被砍了不久的杉树，从树墩的直径可以判断，这是一棵高大的树。小周说，那棵杉树是他父亲出生那年祖父种的，已长到二十多米高了，树干要成人两只手臂才能围得过来，前段时间，周叔叔生病后，就把这棵树给锯了。

从屋后的小路开始，小周带着我们蜿蜒进山。太阳从东边的山顶露出了一点红晕，慢慢地，整个山林的轮廓开始变得清晰，雾气也在慢慢退去，穿过密匝的林子向远处望去，巨大的山体截面横亘在我们的眼前，在刀削般的山体横断面上，依然是密布的层林，树梢在风中细浪般此起彼伏。

身板结实的护林人腰背上系着刀架，挂了一把柴刀便于开路。山路很陡，才走不远，我们便上气不接下气，腿像灌了铅，走得很吃力。越往前走，路越不明显，最后完全消失。小周挥舞着柴刀，砍去挡路的枝枝蔓蔓，我们才得以前行。空气中的鸟鸣有些稀疏，但在肃寂的山林里，偶尔一声尖锐的叫声更能戳中大脑神经令人愉悦。我们经过整齐的杉树林、丛生的灌木林、野蛮缠绕的藤树，慢慢进到原始森林。森林里铺满了厚厚的落叶，脚踩上去，松松软软，发出咔嚓咔嚓的声音，这声音回响在山林中，更显山谷幽静。阳光透过层林，将斑驳的光影投射在落叶上，光晕随着树的摆动微微地晃动。在这绵延无尽的大山里，那些成片的山毛榉、成片的高山竹林、成片的参天古木无不用巨大的阵势告诉你，它们的族群已经在这里繁衍了数百年甚至更为久远。

那种叶子带刺的、砍断树干看到有鲜黄截面的植物是刺黄连，治发热效果好，小周一见到熟悉的植物就给我们介绍，一棵长着三种不同形状的叶子的植物是枫荷桂，用来祛风除湿、活血散瘀的；落叶上静静躺着的白色羽毛是一种叫白鹇的鸟所遗落的，不远处正在鸣叫的正是白鹇；山顶上用细竹子铺在地上的窝，就是野猪的窝，下雪天野猪会躲在窝里避寒，窝边如果看到棕红色的粪便，那是因为野猪啃食了树皮……小周说的这些，我们闻所未闻，在这片纷繁又驳杂的深山幽境，我们像吸纳新鲜空气一样吸纳着那些灵趣的知识，直至物我两忘。

山林那么博大神秘，此时朋友却冷不丁地问了小周一句："你想找什么样的女朋友哇?"惹得我们都笑了。小周羞涩地对友人说：

"哥，我爸爸的话，你们就假装应承着，别认真。这深山老林的，哪会有人愿意嫁进来呀？再说了，他现在这个身体，我不可能离开他的。"

小周说完，故意岔开话题跟我们说起他的巡山故事。"山上五步蛇特多，而且它们的皮肤和落叶的颜色接近，不容易分辨。"小周告诉我们，有一次，他已经走出森林，走到泥石路上了，走着走着，突然感觉右脚踝边有一堆肉乎乎的东西。蟒蛇！他第一个念头闪出，因为只有蟒蛇才有那么粗的身段。不对，头部怎么那么尖？五步蛇！小周差点要惊叫出来，他两只脚条件反射般地跳了出去，大气不敢出。等回过神去看那物的时候，才看见它有手臂那么粗，盘曲着的身子一动不动，像悬在空中的烙铁头，像一片枯叶凝固着死亡的气息……

在小周惊心动魄的讲述中，我们不知不觉已经走了一个多小时，一边惊叹着山林之美，一边近乎杯弓蛇影地走着，小周嘴里的魅影时而化作悬下大树的藤蔓吊在我们头顶，时而化作手臂粗的树枝横在我们脚下。我们一边咋咋呼呼地躲闪，一边又咋咋呼呼地感叹山林之美，两种缠绕的情绪在交替上演，等缓过神来才发现腰膝酸软，再也走不动了。小周看着我和朋友狼狈的样子，笑着带我们往回走。

三

山风浩荡地吹，树木发出哗哗哗哗的声音。我们踩着厚厚的枯枝树叶返回那间陈旧的土坯房。

大叔不在家。灶膛里还有一些火星，没有燃尽的柴火飘出袅袅烟雾，正好熏着吊在火塘上方的几条腊肉。我们刚坐下，就听到屋后传来了锯木材的声音。走到屋后，看到周大叔正弓着身子，左脚踩在长条凳上，右手锯着一块木板，木板很厚，他的样子有些吃力。

小周赶紧走上去，夺走了他父亲手上的锯子，生气地放一边去，嘴里嘟囔着："让你别干这些重活，你老是不听！"周大叔见我们站在一边，尴尬地笑笑说："这孩子，我就是没事动动，一个人坐着也挺无聊的。"我对小周的举动表示不解，看周大叔的体格，做这点活对他来说并不是什么难事，不知他为何那么生气。这时，我抬头发现，在土坯房的一侧，堆靠着十几块大小不一的木板，其中一两块，我认出了它们即将要雕成的样子——棺木盖头的形状。我突然想起刚才看到的那个圆圆的树墩，原来叔叔把那棵与自己同龄的树锯了，是要给自己做一副棺材。这又让我想起了我的奶奶，在爷爷去世后不久，她就为自己准备了一副棺材，那棺材已经做成形了的，就放在厅堂顶部阁楼的横梁柱上，一进门就能看见。农村老人仿佛都有这门心思，就是到了一定年龄，总要为自己的后事做些准备。

周大叔只好放下那堆木头，与我们回到火塘边，开始烧水做午饭。小周从房前的柴垛上抽出几根干柴堆在我们脚边，转身就到屋旁的菜地摘菜去了。家里没有女人，父子两个的伙食从来都是自己料理的，即便这样，家里还是收拾得朴素洁净。火塘里的火越烧越旺，柴火偶尔发出噼啪的响声。我坐到大叔的身边，帮他添柴火。火舌摇晃着舔着锅底，周大叔也慢慢地跟我们说起了话。

他说他一辈子都生活在山上，和树木鸟兽打交道，在山里，除了熊没见过，老虎、猴子、野猪、麂子、麝、角雉、寒鸡……什么动物都见过，什么植物都认识。

炉火映在他的脸庞上，映出他平静的眼神。火塘里烧着一锅水，那是准备用来烫鸡的。大叔视我们为贵客，要杀鸡给我们吃。山里人杀鸡也像平地上的人一样，会把割过喉的死鸡放到烧开的水里泡一会儿，这样鸡毛就能轻易地从鸡身上拔下来。

小周去菜地里摘菜的时候，周大叔凑近我，告诉我他的儿子已经三十岁了，终身大事不能再等了。在习惯早婚的山区，与小周同龄的男子，早已是一两个孩子的父亲。山里人本来就少，男女青年都在往山外跑，去哪儿找合适的女孩嫁到山里来？大叔望着灶里熊熊燃烧着的火苗，一脸愁容，说："拜托你们帮忙留意一下，山下是否有愿意招上门女婿的合适人家。"

我问周大叔为什么不搬到县城去住，这样也好让小周在县城打工，他在县城看病也更方便。大叔说他们有过一次搬迁的机会，但他拒绝了。在山里听了几十年的山风、鸟叫、溪响，离不开了。

我突然看见小周在一边沉默着不说话，不知道他是什么时候回到屋里的。他听到了父亲说的话，神色有些异样，但异样很快就掠过去了。他说他去屋后杀鸡，说完就走了出去。

"为什么要当上门女婿？"我问，"这么好的条件，不愁找不着好姑娘。"我明知道这话不太现实，但还是这么劝着。在大山里，男人上门是一件再正常不过的事（大叔也是上门的），大山里的女孩子容易嫁出去，但男孩子却难"娶"进来，因此山里人是"重女轻男"的。

"还是让他走吧！"周大叔突然哽咽着别过脸，用手擦了擦眼睛，转回来的时候，眼眶是湿红的。

适才是一个动不动就生气，现在是一个动不动就哭，这对父子的反应，让我颇为费解。

周叔叔说，我是个得了绝症的人，迟早是死。我已经延误了他的前程，现在不如让他早点出去打工，找对象，不拖延他的人生大事。

我这才明白，为何小周一见父亲做重活便生气，他不想病重的父亲过度劳累，更不想看到那几块每天都在提醒自己父亲来日不多的棺木。我也才明白大叔突如其来的悲伤，因为他，儿子的婚姻与前程都耽误在了这片深山老林里。

四

灶火继续烧着，锅里的水开始翻滚，锅盖突突突地跳着，冒出白色的雾气。周大叔把火塘里的柴抽出几根，外冒的水汽慢慢地消失了。

小周是前年得知父亲生病后从广东回来的，他的母亲常年不在家（据说是在外面打工，很久才回来一次），因为父亲的病需要经常下山到医院去检查治疗，山路遥远崎岖，这一点，不会开车的母亲是做不到的，因此小周便担负起了照顾和接送父亲的责任。

周大叔说，他曾经故意刁难儿子，骂他不争气，甚至动不动就借口一两件小事要把小周赶出山去，让他到外面谋生，娶妻生子。有一次小周把治风湿的九龙藤当成咳嗽药放进了药罐里，大叔便对他大骂："你这么粗心大意乱下药，我不死也被你医死了！这点事都做不好，还是下山去吧！"小周像做错事的孩子，默默地帮他重新配药，重新熬药，承受着父亲阴晴不定的脾气。但他就是不走，依然每周到山里去巡山，摘草药回来给父亲疗养，每个月定期送父亲去县城复查，默默地守着父亲和这片山林。

周大叔找人锯杉树那天，小周气得快发疯了。那棵与香椿并列站了三十年，日日庇护着香椿的大杉树，就像一对父子相互依靠着。周大叔不与他商量，一意孤行地把杉树给锯了，独留着香椿树在一边孑然独立，独留着小周看着割剩的树墩，像看着一个巨大的伤口在汩汩流血。无论如何，小周无法接受那些暗示着死亡和分离的迹象过早在他眼前发生。他知道，父亲的病情还不到那一步，只要还有希望，他就不能忍受死亡的阴影过早地弥漫在他们的生活里。大叔自从那次看到儿子的悲愤后，深深自责，后来再也没有制造过伤害彼此的"事端"。

"要不，你们搬到县城去租房子住呗。"我又提议。

周大叔正要回答我，转头却看到小周走进了屋里，他把那锅烧开的水端出了厨房。我知道，他是要去烫鸡理鸡毛了。我推说要跟小周一起拔鸡毛，跟着小周出了去，留下朋友在火塘前与周大叔继续说话。

"你有没有想过把大叔一起带出山里？"我问小周。

"他不愿意出山，我又不能丢下他不管哪，喏，"小周往我们刚才走过的那条山路上一指，在一片杉树林中间，几棵小杉树被移走了，一块空地被腾了出来，"他连自己的坟地都看好了。"小周悲伤地说。

杀鸡、拔毛、洗菜，午餐在小心翼翼的对话里慢慢被制作着，不多久，一盆鸡汤、野菌、萝卜加青菜被端了上来，简单又美味的午餐就这么炖好了。周大叔拿出一壶自己酿的米酒，与朋友一边说笑一边喝起来。这会儿，他看上去并不像一个得了绝症的人，几杯酒下肚，那肤色，倒像是修炼出了几分仙风道骨的得道之人。午饭间，周大叔一句也不提给小周找对象的事，小周也只字不提父亲得重病的事。最后我们都避开那些敏感的话题，故作轻松地吃了一顿安稳饭。

五

从山上回来一段时间后，朋友到处打听未婚和离了婚的单身女子，也不停地发动身边的人找着，最后好不容易找到了几个，但女方不是带着娃的，就是比小周岁数大的，还有就是痴痴傻傻的。其他的姑娘，一听到他住在深山里，都摇头。

大山这个地方，是生活在快节奏的城市里的人，才会心生向往的诗意栖居之地。厌烦了被钢筋混凝土包围的生活，厌倦了熙熙攘攘、来来往往的人群，他们向往到纯净的山林里，看古木森森、清澈溪流，在大自然里过滤喧嚣与疲惫。然而对于现实生活而言，没有人愿意往贫穷落后的地方走，没有人愿意抛开繁华的现代文明，到深山里与无边无际的贫穷清寂为伍。

山里的年轻姑娘与小伙子像鱼一样一拨拨地游向大城市，在那里打工赚钱，努力地融入城市的霓虹。而城市里的人，鱼一样地往山里钻，他们希望在那里呼吸新鲜空气，修养身心，洗尽铅华。

小周也曾出于礼貌，下山去相过几次亲，但结果是可想而知的。朋友也觉得概率太小，后来再也没有帮他介绍过。

山风依然每天从山间豁口吹到小县城，这风，一定吹过了山上那间土坯房，吹过周大叔憔悴的眼眸，也把一个冬天吹了过去，把春天吹了出来。

我们再次上山时，已经是人间四月，阳光恣意。这时的黄茅岭，绿意更迭着排山倒海般向我们扑涌过来。山茶透嫩的绿芽在风中摇曳，土坯房前，三个巨大的簸箕里，晾晒着烘炒过的茶叶，房子旁的花依然在开着，比我们上次来开得更多更娇艳。几只鸡依然在房前走来走去，斑鸠的叫声里渗透着花香，从这边山头传过那边山头。

周大叔走出来迎我们，满面春风的样子令我们惊讶。我们原本以为，他会比年前看上去更消瘦，更憔悴，但事实并非如此。周大叔说，他的病灶在慢慢调养下，奇迹般地消失了。现在，他像正常人一样，还能走山拾柴，种菜种茶，每天迎着山风去林子里走走。我偷偷问朋友，是不是误诊了？朋友说不可能，他亲眼看到了确诊病历的。

周大叔带我们到那棵香樟树下，指着从几节断木缝里长出的一蓬植物，问："你们看这植物长得像什么？"我们蹲下来，看到一株三角形叶子的植物，叶面上长着清晰的绒毛，叶子自内而外生出了四层心形的颜色。最里面一层是墨绿色，第二层是黑褐色，第三层是蓝绿色，最外面一层是比第一层略淡的墨绿色。这叶子太奇怪了，颜色多不算，它层次分明得像一棵树的年轮，整片叶子看上去像什么，一下想不起，却有几分诡异涌上心头。

"五步蛇头！"朋友说。我们身体一震，面面相觑。像极了！

周大叔说："这恰恰就是治五步蛇毒的草药。"

我们目瞪口呆，难以置信。问周大叔："是不是哪种植物长得像什么，它就有可能是治什么的中药？"大叔说，目前他知道很多药是这样，比如：核桃肉长得像人的脑髓，它是用来补脑的；葡萄长得像心脏，它对心脏有好处；柑橘的皮下纤维长得像女性的乳腺，它们可以用来治乳腺炎；蚂蟥的身体像筋一样柔韧有弹性，用它的干粉来修复筋骨很有效……周大叔为我们列举了一大堆的中药与病症对应治疗的奥秘，让我们叹为观止。莽莽山林，万物在相生相克中衍生着一个悠长的生态链。当下我们还治愈不了的病，也许只是没有找到与它相克的药物而已，而这些药物就隐藏在这辽阔的深山之中，在某片幽静的谷溪边、崖石下、灌木中……

大叔的病能恢复良好，想来是找到了与病症相克的中药吧。大山如此丰饶，它暗含无数隐匿的良方，只待人们用一双慧眼去探寻和撷取。

小周已经放心地到山外去打工了，叔叔也了了一桩心愿。他说他现在改变了想法，如果儿子将来在县城租房买房，他愿意搬到县城去住。

我不知道，护林人在繁华的城市，是否找到了合意的工作，有了新的生活。只知道当我深淹于县城的喧嚣，在疲惫中抬头遥望那片深山时，我仿佛能看到，大叔的身影在土坯房边走动，或者隐没在森森的山林之中。但更多的时候，他坐在那个圆圆的木墩上，美丽的香椿树下，静静地听着溪流、鸟鸣，望着山外的远方，他身后的山林依然葳蕤葱郁，山风吹着树林沙沙作响。

原载《广西文学》2023 年第 1 期

群　山

一

唰——

炽光灯在村前的球场边亮了起来，白光瞬间刺破夜幕，溢满了整个球场。

一个魁梧的身影从北面文化楼的暗处走出来，左手提着一把芦笙，右手拿着一些废纸和碎柴。他走到操场中间，摸索着点燃了早就放在那里的火炉，火光很快映出了他轮廓分明的国字脸，一双星眉之下坚挺的鼻梁。炉里的火随着风势，越烧越旺，很快柴火就噼里啪啦地响起来。乡亲们还没有出来，任善学翻来覆去地打量手中的芦笙，间或又吹上一吹，反复聆听从笙管里发出的声音。

初冬，风越刮越大，天气越来越冷，傍晚六点不到，天已经完全黑了下来。村的北面，一座并不大的山充当了挡风屏的作用，为大井村挡住了大部分呼啸而来的北风。这是一座独立的山，它并不像远处的群山一样连绵起伏，它更像是亿年前的地壳运动中，在地表聚合时顽皮地跳了出来，径自落在了巍峨的群山面前。后来一位瑶族先人看这座山像一只倒扣的长鼓鼓仓，冥冥中像是一种暗示，他们停下脚步，把这座山当成了靠山，在山前立了寨子，一住就是几百年。村的南面，一口清冽的泉水从地下汩汩涌出，大井村人用大青石条和石板框砌起来，供人们在此取水、洗菜、捣衣。沿着沟渠流淌出去的井水，一路灌溉过去，浇园淋菜，生生不息地润泽着村里的庄稼。村的名字就从这口大井而来。

灯光是一种呼唤。灯一亮，女人们就拿起长鼓，男人们拿起芦笙，撇下手上的活计，自觉地到球场上集合。今天是周六，在校住宿的孩子们也回来了，这样全村的人都更能集中在一起跳长鼓舞。

相传在远古，瑶族始祖盘瓠在一次上山狩猎时，不幸被野羊抵死在空桐树下，盘王的六个儿子闻讯赶来，联手杀死了野羊。为报父仇，他们用空桐树制成长鼓鼓身，剥了野羊皮制成鼓面。从此，长鼓成了瑶族子孙祭祀盘王的工具。每当瑶族的重要节日，盘王子孙就击打长鼓，跳长鼓舞，祭奠盘王。经过几百年的传承演变，在跳长鼓舞的时候，为了丰富音色，瑶民还加入了芦笙、铜锣一起奏乐，便演变成了芦笙长鼓舞。这种舞就一辈辈地传下来，到了任善学这一辈，已经不知道是多少代了，而他，也成了这种舞蹈在大井村的第四代非遗传承人。

乡亲们一个跟一个陆续出来了，年纪最大的任致京也出来了。按辈分，任善学得叫任致京一声哥，任致京年纪虽大，但舞跳得不含糊，每个动作铿锵有力，丝毫不逊色于年轻人。每回村里的演出，他是必不可少的一个。但侄子任致全一直不见踪影。任善学朝任致全家的方向看了看——灯是黑着的，他心里有些失落。县里准备发展新一代非遗传承人了，文化馆的老师让任善学先物色两三个人选，再由他们最后选定上报。这段日子，任善学的心里在不停地权衡筛选。做一名非遗传承人不仅是一种荣耀，更是一份责任，因此在传承人的推选上要慎重考虑，不能草率。

芦笙长鼓舞的传承人，不仅要热爱这套祖传的技艺，而且还要能吹善跳，有组织协调能力，能协调好村里的舞蹈队参加各种县内外活动。能满足这些条件的人不多，权衡来权衡去，任善学心里最后只有四个人选：吹芦笙的，一个就是任致全，另一个是任荣峰；跳长鼓舞的，是任小妹和另一个女孩。但任荣峰和那个女孩常年在外打工，家里的事他们远顾不上，因此只有任致全和任小妹是最佳人选了。

正是遴选的关键时候，致全怎么没来呢？任善学心里嘀咕，看到村民们来得差不多了，任善学决定像以往那样，先来先练。

乡亲们以篝火为圆心，分内外两圈站成了一个环。外圈是吹芦笙的男人，内圈是跳长鼓舞的女人，在圈外两侧，还有两组拿大长鼓的人，以斜八字分开，远一点看，这队形就像某种神秘的原始图腾。

舞蹈起始于任善学举起芦笙奋力一吹，空气中发出一种近似于箫却比箫声低沉迂回的声音，那声音像一声号角，催使村民们齐整地迈出脚步，开始跃动起来。长鼓在女人手上被举起又放下，她们一只手在鼓皮上有节奏地拍，一只手抡动长鼓，细长的长鼓带着细长的腰肢在男人间灵动地穿梭，他们一起喊着号子：

"欧吼欧吼——嘿，欧吼欧嘿，欧嘿嘿回，嘿嘿回呀欧……"

任善学常常说，把鼓举过头顶，那是代表我们在向神灵呼喊：请赐我风调雨顺，请赐我五谷丰登，请赐族人吉祥安康，请赐万物宁静丰润……

"欧吼欧吼——嘿，欧吼欧嘿，欧嘿嘿回，嘿嘿回呀欧……"

火尖像狂舞的精灵，随着北风快速地摆动。男人们一边吹着芦笙，一边蹲腾、跳跃、挪移、穿插，女人们击鼓、举鼓、按鼓、抡鼓，队伍时圆时方，村人的脚步时而整齐地行进，时而整齐地后退，或急急地旋转，或高高地腾空。上山落岭、过溪越谷、伐树运木、插秧割谷……那气势像江流滚滚，奔涌而下，又像有千军万马，在疆场上刀光剑影、纵横驰骋，看着令人心旌摇荡、热血奔流。

二

任致全回到家，家里的灯仍是黑着的。他知道，雪花去帮别人摘果子也还没有到家。这个季节，附近村寨的果子都熟了，田野里、山坡上到处是飘香的柑橘。以往这个时候，雪花也忙着在自家的果园里摘果，然后拉到集市上卖。但遗憾的是，今年，他们家的几百棵柑橘树不幸得了黄龙病，夏天的时候，不得不全砍了。家里唯一的产业没有了，雪花只好起早贪黑去帮别人摘果子，赚着每天百来块的零散工钱。

这样的日子仿佛持续有好些天了，多到任致全都已经习惯回到家只看到空冷的屋子。两个孩子，一个在大城市读大学，一个在念初中，都不在家。他和媳妇思前想后，这几年还是选择留在了家里，没有出去打工。一来是家里有产业，这份产业在没有毁之前，得需要在家护理；二来是能在家照顾老小，不像别家的老人小孩，都在家留守着，怪凄凉的。

任致全抖抖身上的泥尘，伴随而来的是一股撕裂般的腰部钝痛。他倒吸了一口冷气，小心翼翼地用一只脚支撑地面，另一只脚轻轻地从摩托车上跨下来。他托着腰，回到屋里开了灯，直接倒在了沙发上，忍不住发出了痛苦的呻吟。

村前喧嚣嘈杂，他知道村里人又在跳舞了。盘王节就要到了，一到这个节日，大井村的芦笙长鼓舞队就会被邀请到县里参加各种文娱活动和各乡各寨的庙会。天气冷了，该收的庄稼也收完了，地上的活基本没有了，村民们开始有闲余的时间来倒腾这门技艺了。村里人年年都是这个季节最开心，他们被争相邀请，面子上特别光彩，那几套祖传下来的芦笙长鼓舞，也越跳越带劲，越跳越有味。

雪花背着摘果的布袋子疲倦地进了屋。她看到致全双手托着腰，问："怎么了?"致全拿出一瓶药酒，说："你给擦擦。"雪花就知道他伤了腰。她赶紧解下身上的布袋，让任致全慢慢翻过身趴在沙发上，撩开衣服，把药酒倒在丈夫身上，一边给他搓着，一边责怪他太拼命。

明年孩子上大学的钱还没攒够呢，再说家里二老身子骨不舒服，经常得看病吃药，现在不努力做工，哪有钱养家呀? 任致全语气有点烦躁。

前几年，乡里刚刚开始搞脱贫攻坚工作，政府有危房改造补助，很多乡亲趁机拆了老屋，用这笔钱盖新房子。那几年，任致全给别人做泥水工，常常忙得不亦乐乎，收入也不错。但几年过去，这片土地上，该拆的也拆了，该建的也建了。现在，建房的人少了，工程也相对少了，靠做泥水工赚钱是越来越难了。思来想去，任致全还是决定来年到外地去打工，这样钱赚得也容易些。雪花就在家打些临时工，照顾好老人和读初中的儿子。

雪花也跟着叹了口气。她又何尝不是早出晚归地为别人打工，一天天扛果子扛得肩膀生痛。现在她每伸出手，都觉得肩膀像挂了铅一样笨拙得施不开力。但雪花没说自己累，只是默默地在丈夫身上轻轻揉搓，听他哎哟哎哟地发出一阵阵呻吟。

村外的号子一声声地传过来，两口子听着热血沸腾。雪花突然问："你舍得呀？"

任致全知道雪花说的舍不得指的是什么。她知道自己爱跳那套舞，还想成为第五代传承人，他想跟前辈的传承人一样，把这套舞一代又一代地传下去。但现实和理想之间有矛盾，任致全内心也很矛盾。

跳舞是一种多么奇妙的感觉呀，一帮男男女女集中在一起，喊着号子，跳得浑身起劲，跳得让人觉得日子有奔头。任致全深深地迷恋这种感觉，特别是当他吹起芦笙跳起舞的时候，他会忘记一切烦恼，甚至意绪翻飞。他想象着历代的祖先们在芦笙吹响的那一刻，灵魂就已经回到了村庄。他们飘浮在村庄上空，静静地看着子孙们在跳他们当年跳的舞——头拜上四拜、竹鸡扒泥、五足尖、堂堂上……他们甚至在讨论着谁跳得好，谁最适合挑起传承的大梁。

任致全知道，村里的年轻人大多到大城市打工了，剩下多是老老少少在学跳这套舞，像他这样的中坚力量已经少得可怜。他也曾听善学叔说过，要选第五代传承人了。任致全心里痒痒的，他心里也一样权衡过，谁来当这个传承人最合适。

"我们还是去跳舞吧。"任致全说，他和雪花就是在跳舞中被撮合成的。以前男女合跳的时候，他俩就是一对。二人穿梭对跳，配合得天衣无缝，久而久之，就跳出了感情，再跳下去，就结成了真正的一对。

凉凉的药酒渗进皮肤，配合雪花恰到好处的按摩，任致全感觉腰部已经好了不少，他正要翻身起来到操场去，却又哎哟一声沉了下去，才发现腰部根本用不上力，只好打消了念头。外面的号子声和乡亲们的脚步声在村子上空回荡，任致全心里像被十几把梳子同时抓挠一样奇痒无比。

<h1 style="text-align:center">三</h1>

跳了几组回合，任善学让乡亲们自己先跳，他放下芦笙，一个人到了任致全家。

看到趴在沙发上的任致全，任善学马上明白了。他掀开任致全的衣服，往他的腰身上探了探，知道没伤骨头，松了一口气。

"第五代传承人，我准备报你的名字上去。"任善学很认真地说。任致全激动地要从沙发上跳起来，但身体又被一股疼痛按住了。他的表情既激动又痛苦，但激动仅维持了几秒，人就低落了起来。

"怎么?"任善学看着任致全失落的脸问。这位侄儿样貌不算出众，个子也不是最标准的，但任善学就喜欢他的好学，对乡亲们的热心。任致全吞吞吐吐地对任善学说了他的苦衷，说完转过头去，心虚似的不敢直视这位长辈。

任善学一听，急了，他没有想到，一直在家待得好好的任致全会突然说要出去打工。

"你克服克服吧，没有比你更合适的人选了。你要是走了，我就选不出人了。"任善学说。任致全面露难色，一边是生活，一边是传承，鱼和熊掌，他不知如何兼顾。

任善学心事重重地从任致全家出来，又回到了跳舞的队伍中。乡亲们与往常一样，动作还没学会的，在一边练习，动作熟练了的，就在一边休息。男人们都围在篝火边一边说话一边抽烟，小声议论着下一代传承人会是谁。

任善学一挥手,男人女人们纷纷站起来又组回他们熟悉的队形。每一次排练,任善学都是跳得最卖力的。传承人的使命就是这样,在情绪上永远是最高涨的,在动作上也必须是最标准的。对于那些还没有学会的新学员,他必须得反复地跳,反复地教,直到他们学会为止。

连跳了两遍,任善学叫乡亲们解散,他们各自回家了。

任善学走到南面的井边,随手捧了捧井水,猛喝了一口。他缓了一口气,想到了什么,掏出电话,拨出了一个号码。

电话一开始没有人接,过了一会儿,对方打了过来。

"荣峰啊,"任善学说,"盘王节就要到了,你回来不?"

任荣峰在电话那边匆忙地说:"叔,没法回呀,年底了,厂里特别忙,我还在加班呢,先这样了呀。"那边的电话很快就挂了,留下任善学呆呆地举着电话不知所措。

夜色中的大井村在山的环抱下,安静得像襁褓中的婴儿。任善学抬头看看不远处黑色的山峰,它们像神一样端坐着,缄默不语。以前祖先们被迫从一座大山迁徙到另一座大山的时候,是多么艰辛哪,可这个民族还是在峭崖绝壁中顽强地生存了下来,直到他们被接纳,最后离开大山来到平地,衍变成瑶族的另一个支系——平地瑶。瑶族人是离不开大山的,哪怕生活在平坦的陆地上,也要紧紧依靠着大山,大山是他们居所的依靠,也是他们的精神依靠。

他突然希望大山能给他一些启示,然而大山就像入了定的僧人,不言不语。任善学只好低头,看着井里微微闪动的波光发呆。

任致京在任善学后面来到了井边,在他身边蹲下,捧了口井水,直接往嘴里送。"关于传承人,你是怎么想的?"任致京问任善学。他比任善学大几岁，任善学有心事，逃不过他的眼睛。任善学跟他说了任致全的事，他的困惑对任致京从不隐瞒。

任致京从口袋里拿出了两根烟，一根递给了任善学，一根放进了自己嘴里。任善学拿过来，没有抽，只是呆呆地看着井里的水在夜色中泛着波光。

四

任善学回到他的作坊里，又拿起了笙管反复琢磨。靠灯的一面墙边，摆着一张大桌子，桌上放满了长短不一的竹管，削好的竹片、木块、铁丝、刻刀……房间四周，摆着几十把做好的芦笙，有些已经上了漆，有些还是糙坯没有打磨光滑。任善学又拿起一把芦笙，在灯下开始了他的改造。

他知道一块铜片对于一把芦笙的重要性，簧片的质量决定了芦笙的音质。以往，为了这块合适的铜片，他会花上整个晚上的时间去打磨。簧片装上了，敲一下，拿起来吹，声音不对，再拆下来，再敲再装再吹，就这样一次次调试，反反复复，直到每一根笙管发出他想要的音质才罢休。

但今天任善学仿佛失去了耐心，才试了两遍，便心烦气躁地把笙管放在了一边，转身拿起一根烟又抽了起来。

夜深了，村后的山就像伏地酣睡的巨兽，身体在暗夜中微微起伏。任善学喜欢在夜深人静时默默地凝视那波浪般的轮廓，有时候也会侧耳倾听，从吹过的山风中辨别可以用在芦笙吹奏里的音符。

村里除了他，只有任致全学会了做长鼓、芦笙。几年前有一次演出中，一位队员的芦笙突然出了问题没法上场，为了救急，他不得不临时担起了修芦笙的使命。这一上手就再也脱不下来。芦笙制作不是一件简单的事，那几年，为了做好长鼓和芦笙，任善学常常一个人跑到山里，把桐树和竹子都移种到了村里，种在自家周围，这样便于他随时取材。尽管现在市场上已经有人专门制作这些乐器了，但任善学觉得，那些用机器批量做出来的鼓和笙，是没有情感和温度的，祭祀老祖宗的东西，总归是本族人自己亲手做来得虔诚，用得称手一些。再说了，如果用破一把就去买一把，村里也没有这么多的经费来供养这支队伍。

这两年，他已经手把手地把这些技艺全都传授给了任致全，如果任致全不做传承人，那这些技艺谁来传承呢？想到这些，任善学又焦虑上了。

五

第十天，任致全的腰伤好了，他抖抖精神，准备出门复工。

清晨，一座座连绵的山在晨雾中若隐若现。那些山的样子，让任致全想到跳舞结束时，男男女女手牵着手，嘴里喊着"zei za wu——"的号子，列队向观众谢幕。那声号子是整个舞蹈中最大声、最有力量的，虽然任致全也不知道这声号子意喻什么，但它总是让人觉得浑身有劲，倍受鼓舞。

村庄还在暮霭中沉睡，但已经有乡亲挑着担子出来干活了。任致全扭了扭自己的腰，已无大碍。这些天，村里乡亲知道他受了伤，进山的时候，顺便帮他采了治跌打扭伤的草药。任致全这些天内服外敷的，加上身体底子好，腰伤很快就恢复了。现在，他对着大山深深地吸了一口气，心情说不出地舒畅。小时候，长辈们经常说，在大山的深处，住着神灵，他们只有背靠着大山，靠着神灵的保佑，才有好日子过。但这么多年来，任致全从来没有见过神灵，他只知道，现在的好日子，完全是靠自己的双手一砖一瓦地砌出来的，跟神灵没有多大关系。但他每次望向眼前这片茫茫的大山时，心里还是会升腾起一股敬畏，大山就像手挽手、肩并肩的巨人，高大巍峨，充满力量。

工作缺失了好几天，任致全算了算，总共损失了一千多块。这笔钱，是孩子在大城市大半个月的伙食费了。任致全动着心思，想着怎样才能把这笔钱赚回来。

东家住在离大井村几里远的另一个村子，新房子刚建到第三层，今天，是第三层封顶的日子。房子封顶是盖房中关键的一步，意味着房子主体结构已经完成，主人在漆好墙面、做好装修之后，就可以搬进去住了。

东家夫妇都在深圳打工，每年从外面赚回好几万，做个两三年，就可以在家里建一所新楼房了。任致全的房子却是在家靠打了好几年泥水工赚钱建上的。那些年，任致全家里还住着老房子，家里没有多的房给他娶媳妇，他们家因此还被评上了贫困户。任致全觉得被评上贫困户是一件很丢脸的事，意味着家里的几口人连自己都养不活，意味着自己比别人怂上几倍。任致全咽不下这口气，跟着村里有经验的泥水工出来混，学习拌浆、砌墙、上梁、刮泥子……经过几年的砖土淘炼，他也成了一位娴熟的"建筑师"，直到这门技艺让他为自己砌上了一座新的房子，娶上媳妇，他们家贫困户的帽子才被摘了下来。

东家忙得热火朝天。主人正在楼下，指挥着工人用起降机将钢筋拉到楼顶上去。楼顶上，几个工人忙得不亦乐乎，楼房封顶，意味着这项工程就接近尾声了。

任致全在楼下与东家打了一声招呼，便很快投入到工作中去。楼房封顶很顺利，傍晚太阳落山之前，楼上的工人刷平了所有的水泥浆，只等那些水泥变成坚硬的水泥板，就大功告成了。吃过完工酒，东家把一沓沓的工钱递到了大家的手里。

拿到钱的时候，任致全一数，他的工钱和大家一样，一分也没少。

任致全跟东家说："你给多了，我请了十天假呢。"边说边把多的那部分钱往东家手里递。

东家说："兄弟，没少，有人替你来做了你的工，这十天的工钱还是算你的。"

"谁呀？"任致全问。他万万没有想到，这样苦力的活还会有人替。

"你们村的，他们两个都比你年纪大，一个是舞跳得最好的那位大叔，另一个年纪大些，颧骨有点高，人瘦，那位大叔叫他哥。他们一个替你来了四天，一个来了六天。"东家记不住那二人的名字，但是记得他们在长鼓舞中俊美的舞姿。

任致全拿着钞票的手停在空中，呆呆地愣了好久。

六

两年后一个夏天的黄昏，我走在新华村委那条经常走的水泥村道上。血红的夕阳从山顶斜射下来，照在村外的田野上，正好也落在一栋新建的房子上。

我看到一位中年建筑工人从一位老者手上接过拆下的原木，把它塞进了拉木头的方拖，不一会儿，那方拖载着一整车原木，"嗒嗒嗒"地开走了。

又一栋楼建成了。他们深深地嘘了一口气，同时看到了我。

"你——不是小罗吗?"

我回头，是刚才的那位老人。是的，一张熟悉的脸，我却总也想不起在哪里见过。我说:"是呀，您是——"可是短路的记忆让人尴尬，我叫不出这位老人的名字。

他笑笑说:"你不记得我了，前两天还是你带我们去省城演出呢。"

演出?我在那帮演员里拼命搜索熟悉的面孔。思路终于接上了，我分辨出了这张沧桑的脸——任致京大爷，大井村原生态瑶族芦笙长鼓舞传承的领头雁之一。这两年，大井村已经被列为芦笙长鼓舞的传承基地，前段时间，县里邀请他们跟随一个叫《盘王大歌》的史诗剧，去省城演出了几场。他们的原生态舞蹈吸引了众多城市人的眼光，在终场谢幕的时候，这个舞蹈队里最年长的舞者任大爷，他的高颧骨、瘦脸，具有典型的瑶族样貌特征，成为众多观众追捧合影的对象。

而现在的任大爷，身上穿着一件发旧的蓝色 T 恤和一条黑色裤子。是的，他穿上民族服装时与穿着日常装时判若两人，我一时无法从他当下的五官神态与舞台上的他对上号来。

他们看上去很疲惫。地上有几个水泥砖，他们示意我一起坐下来与他们说话，谈论那场精彩的演出。

一谈到演出，他们的眼里都放着光彩。中年人是任致全，现在已经是大井村芦笙长鼓舞的第五代非遗传承人，就是他和任善学作为村里的领队，跟着县里一起到省城去演出的。这是我到新华村扶贫几年，第一次看到他们在工地上干活。任致全告诉我，为了他能留下来传承这个舞蹈，村里的乡亲们都在努力地帮助自己搞建筑、种花生、搞养殖，最后他发现，只要有产业，生活也并没有想象中那么难，他选择留下来，是对的。

任致京大爷今年年底就七十岁了，但身体依然硬朗，长年累月的强体力活和不间断地跳舞，练就了他一副好身板。每每附近的村寨有谁建房子，总还是要请他到场的。他笑着说，他这一辈子做得最久的事，一件是当建筑工，另一件就是跳舞。

任致全给我们二人递过来一杯水，提醒他早点回去。这时夕阳也下山了，晚风轻拂，暮色四合，零星的灯火开始在山野次第闪烁起来。

看了看远处的山，任大爷啜了一口水缓缓问任致全："今晚跳不？"

任致全说："当然跳了。"

叔侄俩相视一笑，收拾好东西，与东家告别，与我告别。他们骑上摩托车，回到他们的大井村去。

弯弯的村道上，他们的背影慢慢地隐没在黛青如墨的群山之下。

原载 2022 年《广西文学》第 7 期

第一辑

故乡原风景

生命中的另一种乳汁

一

每天上班，我都要经过一个红绿灯十字路口。左拐，是去单位。直走，下坡，钻进一条巷子，不远就是母亲家。

多数时候，我能准确地抠住时间，在上班前提早二三十分钟，毫不犹豫地直走，在绿灯通行的时候，骑着摩托车所向披靡地冲回母亲家里，喝上两碗油茶再去上班。这已经是多年来的习惯。母亲知道我必将雷打不动地出现在家门口，因此，每天都会打好一壶油茶等着我回去。

也有特殊的时候，例如，熬夜起晚了，或者有事耽搁了，离上班的时间只有十来分钟，这十来分钟，去上班早了些，回母亲家又晚了些，于是我就在十字路口不停地纠结：回，还是不回？有好几次，车明明已经停在左转的车道上，想着正倚门而望的母亲，最后还是把摩托车一点一点挪到了直走的车道上。有时候在直走的车道上，突然想起单位有急事要处理，不能不早点去，又只好在左转的绿灯亮起的时候刺溜绕过几辆准备直走的车，随着左转的车子融进车流，受到直走的人好一阵白眼。

遇到又冷又是大雨的天气，只好让老公开小车送我去上班。而他就像实施他精细的审计工作一般抠着上班时间出发，限于交通堵塞，又不愿意在十字路口停车放我下来，于是每次坐小车，我就无法回母亲家去，这时候心里总是不停地抓挠，像掉了魂一样。好在单位离母亲家较近，如果下班时仍下大雨，我便以天气不好为由，让老公下班自己回去，自己步行回母亲家吃中饭。中饭，自然也恶补似的喝上好几碗油茶，拼命地弥补早上没喝的那几碗。母亲看着我喝油茶的样子，也从不劝我，她知道，劝也没用，就这么由着我喝，还一脸欣慰。我经常是喝得实在喝不下去了才打住。起来走动，感觉肚子里全都是水在晃荡。我常常怀疑，剖开我的身体，我的血管里流淌的，并不是血液，而是一种血与油茶融合的奇怪液体。

老公没有喝油茶的习惯，也并不赞成我每天都跑回娘家去喝油茶（或者是他并不赞成一个嫁出去的女儿老往娘家跑），他堂而皇之地认为，油茶会影响蛋白质特别是铁质的吸收，而且茶点多是燥热之物，吃了容易上火。他把我脸上经常长痘，脸色不好这一现象，归结为爱喝油茶。对于他的高论，我一直都充耳不闻。就像一个抽烟成性的人，明知道抽烟有害身体健康，但如果你让他戒烟，就是要了他的命。更何况在我们身边，爱喝油茶却长得水嫩的漂亮妹子、长寿老人也到处都是，谁敢说油茶不是好东西？

婆婆与老公也是同一论调，婆婆胃不好，某次喝了油茶不舒服，便将责任推到油茶身上，视油茶为异物，拒而远之，因此在喝油茶这件事上，婆家人与我观念是对立的。但我还是爱喝，不听劝阻天天往母亲家里跑。有时候老公发火了，会冲我吼上这么一句：不喝油茶你会死呀？我想了想，答案是肯定的。不让我喝油茶，比什么都难受。谁让我从小都是喝着这种东西长大的呢，我甚至怀疑自从我会吃奶的那一刻起，就开始喝油茶了。母亲月子里一定是喝了油茶的，她通过乳汁把油茶传给我。于是在我的生命里，油茶成了我的另一种乳汁，它与母亲的乳汁一起，流淌进我的身体里，成为我血液的一部分。所以，外人是没法想象我是有多爱喝油茶的，就像婆婆说我，喝油茶像抽大烟那么上瘾，这个比喻，算是到家了。

结婚以后，与婆婆公公生活在一起，因为公公不是瑶人，婆婆也不是本地人，他们压根儿就没有打油茶的习惯。遇到周末下冷雨，不方便回家，就忍不住自己打油茶自己喝，虽然喝得有些没劲，但也聊胜于无。在冬天，我还特意把油茶打多一点，这样便于一壶油茶能喝上两三天。而这两三天，我就可以不用冒着冷风冷雨回母亲家了。但母亲就会打电话来问，怎么两天不回来，发生了什么事？我却不好说自己打了油茶不回去了，这样会让母亲认为油茶比她还重要，也怕她因为我自己打油茶成习惯，就不再天天念着为我打油茶。于是，我只好暂时放下自己打的油茶，又跑回母亲家喝她打的油茶。回到自己家，看到自己打的油茶没喝，又觉得可惜，等肚子有些消化了，又开始喝自己打的油茶。就这样，有时候一日三餐都喝着油茶，喝到连饭都不用吃，整个人就像被油茶浸淫着，晃到哪儿都是一股子油茶味。到最后，只要母亲还在县城的家里，我自己极少打油茶，一念及油茶，咂巴咂巴嘴，骑上车，就飞奔回去。

二

喝油茶这个习惯，得追溯到我的奶奶，一个从大山里嫁出来的过山瑶，能打一手大山油茶的过山瑶。

传说以前的瑶族人，为了逃脱官府的追剿，从一座大山迁徙到另一座大山。他们长年居住的深山老林，湿气瘴气像满山的云雾，缭绕不散。为了驱赶身体里的湿气，他们便发明了这样一种用油、茶叶和老姜打出来的茶并一代代传下来，从大山深处传到广阔的平地上，再传到更多人的手里。奶奶嫁给爷爷之后，打油茶的习惯从山里带到了白鹭塘我的老家，之后就一直传下来。之后是母亲嫁给父亲，从奶奶手上学会了打油茶的手艺，搬到县城之后也把这一习惯坚持了下来。到了弟妹嫁入我们家，也是从不喝油茶到喝油茶成了习惯，最后发扬光大还开了一家油茶铺子，把经营油茶当成了一种营生。

奶奶打的油茶，有山里人的特点，偏重姜味。每天早上，她都到村里的小溪边舀上半桶山泉水来打茶，将晒好的干粗茶叶用温水泡洗过一次，滤去第一道茶水的涩味，用炒米、老姜和上几瓢泉水，敲打出橙黄色的液体。打好的油茶香中带着少许涩辣味。那时候，父亲跟叔叔、奶奶一大家子住在一起，家里的劳动力下田干活的时候，奶奶就负责在家做家务，接近中午，就开始烧柴起灶打油茶，等着饥渴劳作的家人回来大碗大碗地喝下去。

母亲打的油茶则偏重香味。可能是因为生活好了，母亲舍得放米放油去做底料，茶叶也舍得买贵的，因此打出的油茶香味更浓厚，味道也更香。

到弟妹这一代，生活变好，油茶从传统的大锅抹炒，升级到将茶叶与各种底料用豆浆机混合打碎，再将茶末放到锅里直接烧开，一锅香到蚀骨的油茶便出锅了。

到了我这儿，就只会喝了。虽然自己也会打油茶，但打茶的功夫，跟她们差远了。儿子跟我一样，也是瑶族。尽管每次打油茶，我都要逗他喝，培养他成为我的油茶伴侣，但他始终不肯接受。儿子长得极像我，却没有遗传我身上的嗜茶基因，这很奇怪。在孩子的哺乳期，婆家人是禁止我喝油茶的，怕油茶过奶传给孩子。因而孩子的哺乳期，简直就成了我的噩梦期。那些整天喝鸡汤蛋汤骨头汤的日子，并没有带给我多少精神和身体上的滋养，反而因为不能喝油茶而郁郁寡欢了一阵子。现在，我把孩子没有喝茶习惯的原因，归结为月子里没有油茶。母亲却懂得心疼我，知道我半年没喝油茶，难耐，常常打电话来说想外孙了，就让我抱儿子回家玩。我回去她自然少不了打一大锅新鲜油茶，让我喝上一两碗，说，没事，你小时候，刚出世几天，我就开始喝油茶了，你还不是照样好好的？而事实也证明，我喝了油茶，孩子也没有事，于是之后动不动就以外婆想外孙为名，抱着儿子频繁地回母亲家。一回母亲家就放开了喝，喝到高兴才放手。婆家人还是看穿了我的借口，但因为孩子没事，也知道怎么劝也劝不动我，最后还是听之任之，不再约束。

三

喝油茶需要搭配各种茶点，没有茶点的油茶，是单调乏味的，就像喝咖啡需要咖啡伴侣一样，缺了茶点的茶事就不叫喝油茶。在我生活的这座小城，茶点除了爆米花、粿条、花生米、葱花这些必须组成的佐料之外，还包括超市里的各种饼干等一切我们觉得可以当茶点吃的食品。在母亲家里，每天都放着一包茶点，里面的种类极其丰富：各种蛋糕、曲奇、麻花、花生、鸡爪鸡翅、香辣豆腐干、牛肉干……茶龄几十年，超市零食区的几乎所有商品，都未能逃过我们的掌心。各类超市美食渐渐吃烦了，就吃大街上卖的糍粑、油条、烧饼、烤羊肉。去到乡镇，就会在乡镇的集市上搜罗县城里没有的小吃，比如福溪村的奶子粑、朝东集市上的排散、石家乡的黑狗粑、柳家乡的油炸泥鳅……过年过节，母亲也积极地做各种面食来送油茶：粽子、艾糍、大肚糍、芝麻果条、油煎饺子……最后，当一切食物都吃完，凑巧没有时间买的时候，油茶喝得不是滋味，只好拿当天煮的菜来就油茶喝。如果碰巧连菜都没有，必须得有一两个人立马出去，到街上去，兜一圈回来，就又有一大堆茶点摊到桌上。油茶让我们对零食变得刁钻、挑剔，我们仿佛有了猎犬一样灵敏的嗅觉，只要听说哪里有好吃的，就能循着味道去，非吃到嘴不可。因为油茶，我们走遍了各个乡镇集市、乡村。多年的广泛猎食，让我们到了外地，吃别人的东西时，总觉得都没法跟家里的比。亲戚朋友到母亲家来玩，也是买茶点的多。他们知道，只有各式的茶点才能让我们两眼发亮，垂涎三尺。

以前，在农村，最贵重的茶点要数果条了，这是一种把面粉和芝麻加工制作成跑道状，吃到嘴里嘎嘣脆，浸到油茶里又特别软的一种茶点。生活不那么富裕的时候，不是特别的贵客，这种果条是不轻易送的。客人也知道果条的珍贵，不轻易收，但主人又特别热情，非得给到手不可，一个非要送，一个坚决不要，为了一根果条，两位农村妇女可以一推搡就是半天。有些从家门口追到村口，到了村口还在推搡，让人忍俊不禁。现在，民间竟有妇女自发组成做果条的作坊，一到过年，就大批量地做了来卖，很是满足了爱吃果条的油茶吃货们。生活好了，农村妇女们做果条的数量也越来越多了，再也不会像以前那样，为了一根果条而推搡半天。但农村人的热情好客的美德，总还是不变，不管你去到哪个村，从哪家人门口经过，那家人都会招呼你进去喝碗油茶，就像唤自家人一样。过年的时候，当我们去农村惯节走一遭，车上总塞满了果条，这家塞一些，那家塞一些，最后，分不清果条是谁给的了，总之这些果条在过年之后，还能吃上好一段时间，每每看着这些成色不一样的果条，那浓香的油茶与亲切的乡音总在眼前和耳边萦绕。

四

堂妹又打电话回来，说过几天要回富川。自从她家买了车后，回家的次数就多了，我之前的忧虑与埋怨，也渐渐平息。

几年前，在广州打工的堂妹告知亲戚们要跟一个江西的小伙子结婚时，我无法抑制地生气。如果我早知道她跨省恋爱，我是必定要反对的。在我的人生观里，爱情永远不值得一个女人背井离乡，去饱受那些思乡之苦。更何况那时候，她要丢下婶婶和一个贫困的家庭，去投靠另一个也不算富裕的家庭。

去参加她的婚礼，十多个亲戚租了一辆中巴走了整整一天。叔叔过世得早，婶婶又不能坐车，父亲作为家族中最有权威的长辈，带领着七大姑八大姨千里迢迢地奔赴江西的某个遥远小镇。堂妹看到我们来时，眼泪马上就掉了下来。我知道，她纵然有离乡的孤独无助之悔，现在也于事无补了。堂妹热情地招待着家里人，脸上放着光，忙碌的身影穿梭在亲戚当中，仿佛亲戚们一来，就给她撑足了腰。她不停地替父亲、姑姨们拿着糖果、水果，高兴得不亦乐乎。

父亲有些沉痛地说："三妹呀，这回嫁得这么远，要回去一次就难了。你要照顾好自己呀。"几位姑姑忍不住泪眼婆婆。堂妹从小就是她们最乖巧的侄女，一直以来每个姑姑都拿她当女儿宠着护着。

堂妹也掉下了眼泪，狠狠地点点头，不说话。

后来她对母亲说："娘娘，我想再喝一次你打的油茶呢。"堂妹又何尝不是跟我一样，是喝着奶奶打的油茶长大的，父亲的六个兄弟姐妹，没有一家人是不打油茶不喝油茶的。堂妹在县城读书的时候，跟我一块住，一起喝母亲打的油茶，在县城打工的时候，也是常回母亲家喝油茶。对于母亲打的油茶，自是深有感情。

可是江西没有打油茶的茶叶。母亲只好委屈了一包高档的碧螺春，找了一些姜、米，在遥远的江西小镇打起了油茶。那天的油茶吃起来并没有家乡的味道，但有着家乡的亲情。姑姨们开玩笑，这是世界上最珍贵的油茶，因为用了高档的茶叶，用了最浓的亲情。我依然记得那天的油茶颜色是褐绿色的，碧螺春在油盐的混合下，已经失去了本身的甘味，油茶的香也不是专用茶叶敲打出来的香味，而是一种经过加工后精致的混香。而这油茶在彼时彼刻喝下去，也并不是滋味。

堂妹喝着油茶，泪湿了妆容。我们不忍再哭，只是一味地说话，开她的玩笑。

转眼五六年过去，堂妹每次回来过年，都要带一大包家乡的茶叶和粿条回去，如果茶叶打完了，还会嘱我再帮寄些过去。我也常常是连茶叶、粿条、爆米花这类佐料一起打包寄过去的。家乡的味道，少一点都不纯正。堂妹知道大家担心，常常传回信息，说在那边生活还顺利，婆家人对她也好，她也经常打油茶喝。我常常想，如果并不纯正的油茶能让一种乡愁获得慰藉，那也不失为一件让人欣慰的事。

五

父母亲到广州姐姐家度假去了。姐姐想父母去那边玩玩，当然也是想让母亲过去给她打几天油茶，好让她尝尝久违的味道。她就幸福了，可这就意味着，我的时间每天都空出一段，这段时间，像电影突然出现一幕空白，让我有些不知所措。这也意味着，我必须要自己打油茶，才能度过这漫长的没有油茶喝的一个多星期。想到父母一段时日不在身边，多少有点沮丧和落寞。

我只好自己在家打油茶，一个人喝油茶。我喜欢奶奶传统的打法，涩涩的味道，仿佛带着大山里草木的香味。拍几瓣金黄色的老姜，用铲子把茶叶翻来炒去，炒出茶叶的香味，然后放水，这样的油茶，更接近原味而不会被其他食物的香气所遮掩。油茶飘着热气，我仿佛回到小时候，坐在奶奶身边，看奶奶在泥砖灶里燃起一把火，把柴火凑进去慢慢打茶的情景。油茶在灶上咕咕地冒着白色的雾气，香气从锅里溢出来，飘出褐色的木窗，飘到黛瓦的屋顶上去。

一个人喝着油茶，想念父母在家的种种好。但油茶总喝得索然无味，仿佛缺少了什么，而且，怎么也不及在母亲家喝得精神。

喝完油茶，一个人悻悻地去上班。车子到了红绿灯十字路口，习惯性地停在直走的车道上，等着绿灯亮起来，又像平常一样所向披靡地冲出去。等左转的车子鱼贯而出的时候，才猛醒父母亲还在遥远的另一个城市，想转到左边的车道已经来不及了，绿灯亮起，我必须直走。那就只好将错就错，回到母亲家去，看看空空的房子，清冷的灶台，心里空落落的。

就在一个多月前，母亲在我上班的时候，特地打了个电话给我，让我回家一趟。母亲的话里仿佛带着一些无法言喻的情绪，让我好一阵揣摩。

回到家，是满桌子的好菜和满满一壶新鲜的油茶。

"有什么好事？"我到厨房问母亲，她正从锅里盛出一碗蛾眉豆炒瘦肉。

"今天亲家让了块地给我们。"母亲说，脸上带着喜悦。

"不是说不建房子了吗？还要地干吗？"我不解。

"那块地是用来做坟的，我跟你爸死后，就葬去那里。"母亲平静地说。对于未来有着落安顿，他们内心好像充满喜悦。母亲还请了亲家和表哥来帮忙，把那块坟地用砖围起来，算是与别人的地划清了界线。大家似乎都表现出做了一件大事之后的欣慰，只有我，一下不知所措。我突然想到作家慢慢，也曾写到她的母亲说到死，说到后事。当我看到那些文字的时候，那话像刀在不远处闪着冰冷的光。现在，这话也出现在了母亲的嘴里，那种痛，是刀子直接剜到了心上。

"不是回老家的吗？"我强忍着泪水问，连"葬"字都无法说出口。现在，许多在外工作的老一辈人，逝世了都会葬回家乡去，父母为什么不是葬回自己的家乡。

"老家哪里还有地。"母亲说，我看得出，她平静的表情下极力地遮掩着一种痛楚。如果说到死，已经是一件悲痛的事，那么不能葬在自己的家乡，那又是怎样的一种痛？

我不忍再听下去，出了厨房，心情沉重。父母亲如此早地就给自己安排好了后事，而我每天沉浸在做女儿的幸福中，从来没有为他们的后事着想过，就算想过，也觉得是许多年以后的事了。人生必须经历的生离死别，总会在将来的某天降临，但不到临近的那一刻，我们总是喜欢选择回避。

那天，我没有喝一口油茶，推说有事就走了。一出门，泪水汹涌而出。

如果没有了父母，我会不会像断乳的孩子一样营养不良萎靡不振？

这是唯一一次，我没在家里喝母亲已经端上桌的油茶。

原载 2017 年《民族文学》第 3 期

小溪归来

一

那天下午，我们村上空的天像崩漏了一样，雨拼命地往这个离山脚不远的小村里泼。没多久，村外的路上、田里都积满了水。无数条浑黄的小河在路面上奔跑，一条追赶着一条向地势低的地方淌去，包括那条干了两年的河床，也蓄满了水，推着累积的灰尘、枯草败絮、碎布垃圾，脏兮兮地向前流淌。

夏天的雨来得猛，去得也快，很快，我们村的雨在一条彩虹横挂半空的时候，像被一只大手拨到了山那边去，停了个干净。村里有人开玩笑说，恐怕是有神仙作了法。

这场雨过后，太阳烈得像个被打压过的人施行报复一样，更恶毒地放射着灼光。村前村后路面上的积水很快消失得无影无踪，像无数条游虫钻进裂缝里再也寻不着。人们想着，村里那条溪里的水，也积不过第二天就干了。

可是溪里的水到第三天也不见干，而且还越来越多，还沿着原来的河床向前流去。原来浅浅的河床，又成了一条长长的小溪。

消失了两年多的小溪突然又回来了！这是我四叔第一个发现

的。那天早上起来，他突然听到了潺潺流水的声音，还以为是听错了，以往屋后的小溪积了雨水，过两天就消失，而且只是积在一段地方，不会有流动的声音。但现在，溪流的声音像珠子敲打在盘子上那样叮咚脆响，他才确信自己耳朵没听错。四叔激动地拄着拐杖，颤颤巍巍地走到青石板砌的小方井旁。果然，一汪不算太清的溪水早已蓄满了枯竭的四方池。上游不停流进的水，把之前进来的水推走，从方池的另一边向下游流去。

所谓的四方池，其实是以前村里人选一处平整些的岸边，掏低填平，用几块青石板镶住，就形成了一个三四米长、两米多宽的小池子。以前，溪里的水还没干的时候，村里人在青石板上洗衣服、打水，孩子们在池子里玩水、摸螺蛳，一村的人就这样围着它生活。

四叔还是不敢相信自己的眼睛，拄着拐杖沿着小溪往上走了好一段，直到快到山边，确定溪水是从不远的山上流下之后，才敢肯定，小溪是真的回来了。

四叔看着满满的一条溪水，再抬头看看远处的青山，突然流出了几滴混浊的眼泪，嘴里不停地嘟囔着："是春花，是春花回来了。"昨天晚上，他还梦见春花在溪边一边洗菜一边唱歌，今天，这条溪水就回来了，四叔觉得这是春花魂灵托梦带回的溪水，她一定是想要告诉他什么。

很快，整村的人都被小溪的突然归来唤醒，村民们站在溪边高声地谈论着，仿佛一个离乡多年的游子回到了村里。孩子们往小溪里一个劲地扔石头，有的甚至迫不及待地要下水去打水仗，却被大人们一次次地喝住。

溪水比消失之前还要丰沛，像一个在家里憋久了的孩子，大门一敞开，就撒着欢儿地向前奔跑。大家在兴奋之后，又都不约而同地凝望着它，像是担心眼睛一眨这水流就会消失，又像是想看到溪水清澈过来才肯罢休。

小溪是在两年前慢慢地断流的。那年，有人来村后的山里采矿。他们用炸药把山给炸崩了，大片大片塌下的土石轰隆隆地滚下来，堵塞了流向村里的河道。村里人眼睁睁地看着小溪越来越黄，越来越小，直到没有了踪影，只留些石头还裸露在河床上，就像一条被剖开了腹部的蛇，内脏全部暴露在了阳光下。

好在村里还有几口老井，村里人靠着井度过了没有水的艰难日子。之后不久，乡政府又派人来给村里安装了自来水管道。村民们拧开水龙头就能用上水，不用挑水倒也方便了。只有在停水的日子，或者经过干涸的小溪的时候，人们才会想起断流的小溪，想到以前四方井边的欢乐。

二

小溪回来了，但新鲜一阵之后，村民们还是回到了各自家里，继续用着自来水，到小溪边的人明显比以前少了。多数时候，小溪就像个无人管束的小孩，自个儿流着，无忧无虑地唱着小曲儿不停地向前跑。

只有四叔每天都会来到水边，在井旁若有所思地站上好一阵。

春花二十年前就病死了，死的时候还不到四十岁。春花活着的时候是个勤快人，每天一大早就在小溪边洗衣服洗菜，洗完衣服再挑上一担清水回去，浇屋前种的几畦青菜。浇完地，又折回溪水边舀出半桶水回来烧水煮茶，做早饭。

春花就是我的四婶，从另一个镇挺远的一个村嫁过来的，人长得端正，腰身也壮实，用农村人的眼光看，是个能生的身板。四婶生前喜欢在溪边梳头，一边扎辫子，一边哼歌。他们的屋子离溪边不远，每天早晨，四叔就这样听着四婶的歌声，就着咸菜喝下一大碗粥。

但四婶嫁过来好几年，肚子都是平平的，不见动静，村里人看她的眼光渐渐地变了，风言风语像四方井旁的柳树，有时候蝉静无声，有时候在风里飘来荡去。在村里人眼里，四婶空长了一副好身材，中看不中用，因而长时间成为村里茶余饭后的话题。有些守旧的老婆婆甚至不让刚嫁进门的新媳妇和四婶多往来，说是怕风水受影响。

四婶她娘偷偷地从邻村请来了一位神婆，帮四婶里里外外地跳了一次大神。神婆说，四婶是个燥“土命”，土荒不长果实。燥“土命”需得水来“克”。但四叔不是“水命”，所以四婶得多挨水，才有可能怀上孩子。之后，四婶没事就到水边待着，洗手，洗脚，洗衣服床单，能洗的所有一切，她都拿到溪水里涮涮，希望溪水的灵气能滋润她那土命的身子。

一个三伏天，夜里一点多了，四婶热得睡不着，起身到溪边抹凉水去暑气。看到村子静得连狗叫声也没有了，她环顾了一下四周，确定没人，便脱了衣服跳进了四方池里。四婶在溪水里沉醉着，任溪水浸泡着自己的每一寸肌肤。可还真是不巧，恰恰这个时候，村里的李成亮跟邻村的老表喝了大半夜的酒，半醉着回来了。经过溪边，借着那晚明朗的月色，他看到了正在溪里洗澡的四婶，裸露的半胸和肩膀在夜色中泛着诱人的白光。李成亮色心顿起，借着酒胆跳进了溪水里。

四婶尖厉的惊叫声吵醒了四叔，他冲出来揪着李成亮就是一顿痛打，嘴里喊着："你这个畜生，我打死你个畜生……"

被吵醒的村里人跑出来看热闹，在溪边指指点点。等到村干部也出来协调，两个扭打在一起的男人才被扯开。李成亮被村干部带回去狠狠地骂了一顿，第二天上门向四叔和四婶道了个歉，这件事就这样不了了之了。

但风言风语却更多了。村里人都说四婶在池子里洗澡有伤风化，觉得她是咎由自取，没有人同情她。还说溪水被四婶不能生育的身体染过，水质也变了，不吉利了。迷信的老人都要求不让四婶再碰溪里的水。为了躲避风言风语，四叔和四婶默默地忍了下来，那以后，家里的水就换成了四叔去挑，四婶只到水边洗洗衣服，洗完很快就走。

四婶从那之后，被大家像瘟疫一样地躲着，人渐渐瘦了，之后更是变得神情恍惚、一病不起。她想不明白，明明是自己受到了欺负，为什么错的却是自己。四叔是个驴脾气，听见谁在后面议论四婶，就做出一副对谁挥拳头的样子。但这样也治愈不了四婶的抑郁症，四婶最后茶不思饭不想，身子骨越来越差，直到不久后查出癌症死去。

死后的四婶被四叔葬在小溪的下游，村外一片松树林子边。四叔悲痛，在四婶的新坟边坐了一天一夜才被大家劝回来。后来，四叔一直未娶，没事的时候，就时常长久地站在溪边发愣，仿佛溪水里还倒映着四婶的样貌，溪边还飘荡着四婶的歌声。

这一过就是将近二十年。小溪消失的那两年，四叔明显地老了许多。仿佛借以维系他与春花的纽带也消失了，他有些无所适从。溪水断后，有些记忆一下变得凌乱起来。他没法再听着溪水，从早上的时光开始回忆四婶以前的种种生活轨迹。记忆像河床里散落的石头，变得支离破碎。最后，仿佛也跟着小溪慢慢消失了。四叔成了一个怪脾气的老头，脾气像屋后那段皲裂的河床，裂缝越来越长，越来越深，好像随便扔个小石子，就能击中它的五脏六腑。他一见村里的人就骂，说是村里人逼死了四婶。村里人见了四叔就躲，到了四叔屋前都恨不得绕道走。四叔把自己变成了与村里格格不入的人。

现在溪水回来了，正好从春花婶的坟前流过，四叔好像又看到了当年四婶在溪水边洗衣梳头的情形，尘封二十年的记忆像新开闸的河水一样反复冲刷着他心里皲裂的河床。

三

村里要修公路了，新公路从镇里一直通过来，从村前的松树林边穿过，跨过小溪后直通向村后的另一个村庄。有了新公路，村里人进出就方便多了。据说乡政府还要依据这条公路来重新规划村舍，建设新农村。而四婶的墓地就正好在新公路的规划路线上。

修路的消息像一颗大石子扔进了溪水里，溅起了不小的浪花。大家议论纷纷。乡政府和村支部开了几次动员会，几乎所有在公路线上有房屋的村民，都同意搬迁。这样一件利村利民的大好事，村里人还是识大体的，都纷纷支持。只有一个人坚决不同意，那就是四叔。

四叔说："要我迁坟，除非我死！"四叔就这样成了钉子户。乡领导、村干部轮番去做四叔的思想工作，将迁坟的交换条件一放再放，但四叔说什么也不松口，最后大家都没了辙，不知道该怎么办。离开工的时间越来越近了，四叔却干脆把房门都关上了，闭门不见任何人，村干部怎么敲门四叔都不应。

晚上，村主任李大荣提着两瓶酒和几盒点心，到了四叔屋外敲门，门里没有一点动静。李大荣又叫了几声："贵叔，是我呀，大荣，开开门哪。"四叔没有应答，门依然没开。李大荣就在他屋前的木墩子上一屁股坐下，一边抽着烟一边等着。等到太阳完全落下去，天黑了，四叔家里也没一点动静，仿佛家里根本没人一样。

李大荣想，这么等下去也不是个办法，就在他抽着烟，眯着眼想办法的时候，屋后那条小溪潺潺流动的声音流进了他的耳朵里，让他灵机一动。

李大荣走到溪边，放大嗓门骂了一句："是谁这么缺德呀，又把河水给堵上了？"话音刚落没几秒钟，李大荣听见四叔家的门吱呀一声开了，四叔急匆匆地从屋里赶出来，跑到小溪边看个究竟。

可是他看到的还是一条丰沛的小溪，撒着欢儿地往前奔着。四叔满脸疑惑地看着李大荣，不知道他为什么要这么嚷嚷。李大荣趁着四叔没反应过来，拎着手上那点东西，赶在四叔恍然大悟之前进了他的家门。

四叔这才知道上了当，气呼呼地回来赶人。可是李大荣已经在他家坐下了。还把手里的东西端端正正地放在了桌子上，脸上露出讨好的微笑。

四叔只好自顾自地坐在板凳上，将一撮旱烟叶末儿摁进烟斗里，准备划根火柴点火，但李大荣已经先他一步，从口袋里掏出了自己的打火机，叭的一声点燃，给他凑了上去。那动作，利索又准确，仿佛事先已经练过许多遍了。但四叔照样不领情，他头也不抬一下，眼睛半闭地看着从烟筒里飘出的烟雾，仿佛李大荣压根儿不存在一样，他清楚李大荣接下来要跟他说些什么。

"贵叔，"李大荣开口了，他已经从四叔的态度中预料到自己今晚又会徒劳无功，但作为村主任，不到最后一刻，他都不能放弃，"有什么难处您就对我这个侄子说吧，您看修路是咱村里的一件大事，咱们不能因为个人的原因就不顾大局了不是，你有啥想法就直说吧，我这侄子能做的都为你做，您看可好？"

四叔眼皮微微抬了一下，没有正眼看李大荣，眼里充满了死气。过了好大会儿，他使劲呼出一口烟，才慢悠悠地说："春花是被你们逼死的，死后也被你们赶去下游了，现在，你们又想把她从下游赶走，你们到底想怎样！难道春花在这个村里就没有一席之地了吗？"四叔说着说着全身突然激动得颤抖起来，"你们都不是人，你们把人逼死了，这回连死人也不让安生，你们会遭雷劈的！"他一边说着一边用烟斗不停地敲击着桌子，用另一只手抓起拐杖指向李大荣，哆哆嗦嗦地咬出一个字，"滚！"然后把李大荣拿去的礼品全部扔了出去。

李大荣只好悻悻地走了。他真没想到，这个鳏寡老人的脾气，已经坏到了这个程度。

四

村外的松树林上空，一弯浅月黯淡地挂着。深秋的风把树林吹出哗哗哗的声音，这声音被刮进小溪里，又和溪水一起慢腾腾地流远。

四叔挂着拐杖，站在春花的墓前，衣角被风吹着，不停地摆动。多少年来，每隔几天，他都会到四婶坟头站一会儿，跟四婶说说话，就像四婶从来都没有离开过他一样。

"春花，小河断了两年又回来了，你又可以在河边梳头了，春花。"四叔望着坟头喃喃地说着。四叔跟春花结婚后的第二年，就去了医院检查，结果是他被查出了患有不育症。在农村，一个男人没有生育的能力，比女人更让人瞧不起。但四婶并没有嫌弃他，也没有对外人说，只是默默地把那些风言风语全担在了自己身上，说等四叔的病治好了，谣言也就消失了。只是后来四叔的不育症一直也治不好，而四婶就一直为四叔担着那个不好的名声。

"是我不好，春花，我不该为了自己让你受了那么多的委屈……你生病了我也没钱给你治病，你跟着我就没有过上一天安生的好日子……春花，你在那边好不？这一次，我就是死，也不让他们动你，要是他们真敢动，我就死给他们看，过那边去见你，你等着春花，你等着……"

四叔说完这些，颤颤巍巍地走了，他没有看见，身后的一棵大树后，李大荣一直站着注视着刚才的一幕。

李大荣也哭了。

在他小的时候，母亲跟父亲李成亮动不动就吵架打架。年幼的李大荣几乎天天能听到母亲对父亲的辱骂。村里的孩子们也瞧不起他，直到长到十多岁，懂了一些男女之事，李大荣才知道父母几十年来不合的原因。几年前，李成亮咽气前对他说："我对不起你贵叔和春花婶，也对不起你娘，以后，你要好好照顾你贵叔……"李大荣知道当年父亲酒醉后对春花婶无礼的事，但没有想到，父亲当年的一时糊涂，会让四叔和春花婶一个抑郁而终，一个抱恨终身，而自己家，也因此硝烟四起许多年。

"春花婶，你想和小溪在一起，那就在一起吧。"良久，李大荣站在坟前说了这么一句，然后走出了松树林。

五

几个月后，一条宽敞的水泥路从我们村前穿过，在经过四婶坟地附近时，像肃然起敬似的，提前向外歪斜了几度，到了坟前不远，就轻轻地绕了一个弯，巧妙地绕过了四婶的坟。在公路与小溪的交汇处，一段坚实的圆管在路的下方，既充当拱桥接住了小溪往南流淌，又承载了一截路面的重量，桥下，小溪依然像往昔一样自如地潺潺流过。

远远看去，公路像一条丝带，从村口一直伸到松林，在春花的坟前，像被春天和缓的风吹了一下，轻柔地折了折，渐渐地消失在松树林的那头。

原载 2022 年《民族文汇》第 3 期

像白鹭寻找池塘

这个叫白鹭塘的小村庄，是的，它的名字多么诗意。我就出生在这里。自然，许多年后我长大了，离开白鹭塘，在县城学堂里学到了杜甫的《绝句》"两个黄鹂鸣翠柳，一行白鹭上青天"之后，便开始关注这个生我养我的村庄的名字的渊源。果然，村里的老人说，这个村以前确实有过一个池塘，大概两亩多，塘边有成片的芦苇，也有树，池塘经常会飞来一些白鹭，在清晨或者黄昏，它们或在水中翩翩起舞，或散立于池塘各处觅食，画面极富意趣，于是池塘就叫了白鹭塘，村名也由此而来。

这一番渊源与自己的想象得到了相互印证，村庄的意境又得到了唐诗的加持，内心自然对家乡故土的爱又多了几分。白鹭是一种对环境十分讲究的动物，它们在空渺的山野中一眼看中这里，意味着这池塘、田野、山林天然组合的环境符合了它们挑剔的眼光。而事实也是如此，在小村的人们来到这里扎根之前，这里南北有两片茂密的松树林，左右是辽阔的田野，一派美丽的田园风光。

我出生于大寒，当时正好下了一场大雪。父亲说，那时年年都下雪，雪还很大，最大的时候可以把松树的枝干都压断。村前村后的松树林每片都有几十亩，风一吹，在村里就能听见一浪接一浪的松涛声，甚至在静谧的夜晚，还能听到折断的松枝咔嚓掉落在地上的声音。除了两片茂密的松树林，村边还有不少的枣树、茶树、桃树和梨树，把整个村庄包裹得严严实实，就像一名婴孩，在树林的怀抱里温暖而安静地睡着，而风吹着树林正唱着柔柔的催眠曲。

多少年前这里还没有村庄的时候，这片土地应该是一处静谧的处女地吧，所以那些白鹭放心地在无人光顾的池塘里翩跹起舞、觅食、择偶、繁衍，直到后来有人发现了这块地方，这片美丽的池塘，便在这里安营扎寨，不舍得再离去。但出于某种原因，池塘后来因为土地规划被填满，变成了田地，白鹭失去了栖息地，之后再也没有来过。它们与人一样，都在寻找适合自己的栖居地，当环境发生变化，不再适合生存，便要迁徙到另外的地方去。

白鹭走了，它只能成为白鹭塘人记忆中挥之不去的影像，有意无意地翻飞在脑海里。而没有白鹭的村庄，虽减了几分野趣，变得名不副实，但依然是诗意的，尽管这样的诗意是一个久离村庄的游子对乡土进行回望时而产生的美好乡愁所致。

村边有一条清澈的小河从容地流过。那是从山里流出来的泉水，冬暖夏凉。母亲经常带着我到溪边去洗衣服。夏天的时候，我和伙伴们会在齐腰深的小河里打水仗，在岸边摸大个的田螺。冬天只好望河兴叹了，河上结了一层薄薄的冰，但母亲依然会用棒槌敲开冰块，呵着白气用力地捶打着衣物。我喜欢站在母亲身边，看着她捶打的衣物沁出白色的泡沫，听着棒槌的声音在松树林里轮流地回荡，夯实而饱满。

王维也有一首写白鹭的诗《积雨辋川庄作》："……漠漠水田飞白鹭，阴阴夏木啭黄鹂。山中习静观朝槿，松下清斋折露葵……"诗里描写广阔平坦的水田上一行白鹭掠空而飞，而此时炊烟正从村庄上空袅袅升起，田野边繁茂的树林中传来黄鹂婉转的啼声。一个从追名逐利的官场中退出来的人，在此修身养性……诗中描写的村景与自己的村庄十分相像，有时候读着读着这首诗，会情不自禁地把自己想象成那个从名利场退出来的人，站在村庄面前，慢慢地回忆童年，慢慢地退去浮躁，慢慢地找回自己。

农村的夏夜很安静。奶奶屋前的晒坪是我们最好的游乐世界。晒坪上常常堆着几堆花生蒿垛和草垛，伙伴们就在花生蒿垛和草垛里捉迷藏，捉萤火虫，要不，就是嘴甜的大个子去请个年老的大爷给我们讲故事。被叫来说故事的大爷也极乐意，一边抽着旱烟，一边得意地卖着关子久久不进正题。屁股坐在花生蒿上，顺手在蒿叶中摸索一会儿，捏出一两个稚嫩的花生，啪的一声剥开壳子，仰头倒进嘴里吧嗒吧嗒地嚼着，然后才开始说故事，说着说着，又抽两袋旱烟。说的多是"半路杀出个程咬金"和"武松打虎"之类的老段子，偶尔小伙伴们闹意见，说要换故事，他便开始提"当年勇"，说他年轻时怎么怎么地能干，好几个姑娘喜欢他，被小伙伴们哄笑。这时在屋前梳头的奶奶总会笑着说：你就吹吧，可别把我家的窗纸吹破了！小伙伴们又是一阵哄笑。

银色的月光洒满村庄，远处稻田里的蛙鸣和草丛里的蛐蛐声此起彼伏，与晒坪上的笑声合奏成一曲交响乐。偶有一两家农户晒的谷子还没有收，我们还可以一边听故事，一边看着那些农户用簸箕把谷子一箩一箩地收进蛇皮袋里去。晚风这时候总是恰到好外地吹过来，把瘪谷子从一堆好谷子中滤吹出去。那些瘪谷子的碎屑被风吹成扇形，在月色下越飘越少，然后消失在空气里。奶奶这时候总是说，再迟也得收回去，不收回去，晚上要是来一阵雨，活就白干了，你看那边有黑云呢，指不定晚上这雨就下来了。奶奶说话幽幽的，像个会预言的女巫。许多时候，她说的话八九不离十，她说下雨，那晚，就准会有一场雨，仿佛天象在她的掌控之中一样。

这样的场景在我的脑海里总是挥之不去。如果把人生看作是一部电影，那这一幕就是开场的序幕，而电影的背景，是一行白鹭向着天际悠然飞走。

每个在白鹭塘出生的孩子，都会得到这样一句话：看，又一只白鹭来了。这是专属于我们村庄的祝福语，就像别的村用"猴子""小猪""小狗"来形容刚出生的孩子，而我们幸运地成为白鹭——村庄诗意的过往让我们得以拥有第二个诗意的身份，且被长辈们寄寓越飞越高。

然而村庄虽美，在过去，还是贫瘠，渔不毗水，猎不毗林，除了庄稼，没有更多的生存门路。

农村的孩子根本不知道什么是幼儿园，也没有机会上幼儿园，那时候，村里只有一个村小，说是个小学，其实只有一间教室和一位老师，这位老师教一到四年级的所有学生以及所有的课程。

为了将来能让我适应十几里外镇里的中心校学习，母亲早早地把我放到了那间土砖房教室去，与四个年级的哥哥姐姐们一起学习。然而在那个教室里，我根本听不懂老师的讲课，算术和汉字，对我来说就像天书一样。我是编外生，是可以不用做作业的，只是跟着高年级的哥哥姐姐读书，假装端正地听课，跟着用手比画汉字。

冬天还经常下雪，村小也是买不起炭火的，实在太冷了，老师让学生用捡回来的干枯松枝和松毛引火，在教室的中间搭起几根木头，燃起一团篝火，然后，大家围着那堆火大声地朗诵课文，唱歌。教室的隔壁还有一个房间，那是老师的宿舍。到现在我还记得那位老师姓李，方脸，三十多岁的年纪。我到他的房间交作业的时候，常常看到他在一个自砌的小灶上，用一只小锑锅煮饭，在饭的上面蒸几块金黄色的腐竹，就着饭吃就算是饱了一餐。条件是那么的艰苦，但我看到老师仍吃得津津有味。星期六，老师会骑着那辆破旧的自行车回到十几里外的自己的村庄，像许多普普通通的农民一样，插田种谷，砍柴喂猪。

村小在几年后也不办了，那位老师也不知道调去了哪里，他像当年失落的白鹭一样飞走了。教室后来成了闲置的空房，一年一年破旧，最后倒塌变成了残垣断壁。村里的孩子们只好走上好几里路，到镇里的小学去读书。

村里的孩子在艰苦的往返中渐渐长大。等到他们读完初中或者高中之后，就去外面打工了。与候鸟相反，他们在春天走上打工之路，在冬天又回到村庄，又像曾经来过的白鹭，当一个地方的环境已经无法满足生存需要，他们飞到别的地方去觅食，寻找新的生存资源。

白鹭塘村是个搬迁移民村，我们的祖辈原本居住在离此不远的老古城里。那时老古城坐落在一条大河边，每年到雨季，河水暴涨，大河就会泛滥淹没老古城的良田甚至是房屋，百姓苦不堪言。后来政府因势利导，居住在那里的人们便进行了一次大搬迁，从低洼积水的地方搬到了地势高的地方开始重新筑巢，重新生活。那片处于低洼地的老古城，后来成了积水的水库，老古城就留在了水库的下面。搬迁的人分散到了县里的各个乡镇，原来我们的祖辈搬到了另一个乡镇，后来不知什么原因，又搬迁到了现在的白鹭塘。白鹭塘原本只有几户人家，几十年过去，仅仅发展成二十多户，还是一个小村落。

我的四个姑姑，她们一个一个地嫁出去了。最大的姑姑嫁到了隔壁的毛家村，母亲就是从毛家村嫁过来的，二姑和三姑嫁到了另外一个乡镇。不久后，我们一家也搬到了县城生活，这一大家子，就这样慢慢地散了。只有年年过节或者遇到大事的时候，父亲的这些兄妹才齐聚回来，像一窝迁徙的鸟儿从远处千山万水地飞回来。

但现在，这个小村却是越来越精致漂亮了。家家户户都建了小洋房，村路宽敞整洁，每家每户的房子前面，建了一块白色古典主义风的罩壁，房子的周边还围建着一小块花园景观。那块小花园里，种着各种绿色的蔬菜，白鹭塘人随便往墙根撒几把花种，到夏天的时候，茂密的藤蔓植物便爬满围墙，菊花、五星花、喇叭花……与围墙里的蔬菜相映成趣。我们越来越喜欢自己的老家了，就像迁徙而走的鸟儿，发现故园的美丽，也会越来越多地飞回来，栖息在故乡的枝头，尽情地享受家乡的一切。

父亲说，其实我们每个人都是白鹭，从这里飞到那里，一生中都在不断地迁徙，一生中都在不停地寻找，只为找到最适合自己生存的那片池塘。

原载 2022 年《南丹文学》第 2 期

婶娘的蓝色瑶服

我们来做个假设。假设身穿彝族服装的阿诗玛，或者穿壮族衣服的刘三姐，某一天突然着了一身现代装出现在世人面前，我们会有怎样的反应？我想，十之八九的人会无法辨认出来也难以接受，因为几乎每个人都很难从那惯性的审美当中接受这种突如其来的转变。在我结婚那天，婶娘的换装就给了我一次莫大的惊诧。那天，她破天荒地穿了一身当时中年妇女都穿的"的确良"碎花衣服！

这是我自有记忆以来第一次看见婶娘换装，在此之前，她一直都保持那身天空一样蓝色的，代表着农村瑶族中年妇女的装扮：头上裹着一根深红色的方帕，上身永远都是那种平板、硬直、不透气的蓝色右衽开襟短衣，裤子也是同样布质的黑色窄脚粗布长裤，一年四季从来没有变过。我看着婶娘竟然说不出话来，婶娘的表情却比我更窘，她觉得自己改了装在别人眼里像个怪物一样。"玲子结婚，我怕那身衣服穿着太土，怕咱们亲家看不起不是，所以就换了一身，其实我穿着这身衣服也怪别扭的。"婶娘发窘地说着，听到这儿，我眼泪扑嗒一下就下来了。

我出生在一个僻远的小村庄，那里世世代代住着讲瑶话的农民，那里的中年妇女一律都穿着蓝色的粗布衣服，她们的头发几乎一辈子也不剪，织成长长的辫子盘在头上，一圈又一圈，像树的年轮，年龄越长，圈数越多。然后，用方帕从外面层层围住，把岁月的秘密掩藏起来，也把风尘世事都隔在了外面。她们无休止地奔忙于粗陋的泥砖房和田地之间，村里村外地穿梭在猪圈牛圈当中，劳动，几乎是她们生活的全部。婶娘就是其中一个平凡的农村妇女，平凡得像田埂上一棵不知名的小草，无怨无悔生长在一方土地上。从小我就发现了婶娘与母亲在穿着上的不同。母亲是民家人，一直以来穿的都是各种布质的碎花衣服，而婶娘却不是，据母亲说，婶娘从小就开始穿那套蓝色的瑶服，从来都没有变过。有一天，我好奇地问婶娘为什么总穿这身衣服，婶娘先是笑笑，然后就开始跟我讲关于瑶王始祖盘王的故事："盘王是咱们瑶族人的祖先，是个有着大本事的英雄呢，"婶娘在讲故事的时候，脸上充满了虔诚与自豪，眼睛凝望着远方，仿佛神圣的盘王就在她正远眺着的大山最深处，"咱们瑶族人以前住在大山里，盘王说，那是和天界最接近的地方，所以，盘王喜欢穿蓝色的衣服，因为穿上蓝色的衣服，就像与天空融为了一体，就能够与天神最靠近，最容易让天神知道咱们族人的请愿，还族人一个风调雨顺的节气，让族人过上平安吉祥的日子。所以，咱们瑶族后人不管男女，为了纪念盘王，都穿这样的衣服。"于是从那时起我才知道，穿这样的衣服，是为了纪念一位英雄的祖先，那个祖先喜欢穿蓝色的衣服，是因为这种颜色的衣服与蔚蓝的天空一样美丽。

当我知道瑶族人还用歌舞祭祀盘王的时候，已经是六岁了。那年，为了参加那场隆重的祭祀，发生了一件意想不到的事，而这件事，成了我童年乃至人生中一道永不磨灭的印记。

镇上举行四年一次的歌圩节，这可是瑶族人最隆重的节日。附近十里八寨的瑶族人，在这一天都要聚在一起，穿上节日的盛装，载歌载舞地祭祀祖先。这一天，男人们通身黑色粗布瑶服，扎一根五彩腰带，再搭配一根深红色的方帕。女人的穿着则丰富多了，比起平日里简单的瑶服，她们的服装可谓五彩斑斓：头上戴一顶浅蓝色的蝴蝶帽，帽子前沿垂吊着一排银晃晃的状似叶子或珍珠的银器。上衣以蓝色衣服打底，衣袖从袖口开始，用黑、红、蓝、黄等几种颜色依顺序缝制。在底服的外面，穿一件镶金边的黑色外褂，腰间系一条绣着大朵云花的裙兜，一条镶着格子花纹的腰带将裙兜固定在了腰上。裙兜下面，垂吊着一排大红的流苏。下身穿的是过膝的黑色百褶裙，小腿上绑着黑色绑腿布，脚上着一双干净崭新的绣花鞋。从帽子到裙裾，每件衣饰的边缘，都镶着不同颜色与图案的花边，颜色多种多样，看上去五彩缤纷，错落有致。而最吸引我的，是上身褂子上那做成蝴蝶状的布扣子，像栩栩如生的蝴蝶栖息在人的身上。婶娘说过，这是因为瑶人都喜欢唱蝴蝶歌，衣服上绣着这样一种灵物，既是一种象征，也彰显着一种人与自然相处的和谐之美。

婶娘是高山里的瑶族嫁到这儿来的，这样隆重的歌圩节日，也是少不了她的。大清早，为了穿上这一生中最美丽的衣服去参加节日，我看见婶娘早早地把所有的家事都打理好了，然后便开始仔细地洗漱，准备梳妆打扮。记得母亲说过，这身衣服是婶娘的母亲在婶娘出嫁之前，用了无数个夜晚，一寸一寸地用织布机织出来的，身上那些漂亮的扣子和金边也是婶娘的母亲亲手一针一线地绣出来的。所以，瑶族的女子只有在出嫁、隆重的节日，还有死去的时候，才会穿上这身美丽的衣服，平日里穿的，都是为了方便劳动而裁的最简单最朴素的瑶服。

　　太阳已经照到了瓦背上，我仿佛听见从不远的镇上传来熟悉的旋律，女人们"依呀拉的哎"的清亮歌声拂过田野，和着乡土的气息萦绕在小村的上空。男人们吹起芦笙，舞动长鼓，伴着铿锵有力的锣鼓声，整齐地踩踏着土地，掀起层层热浪。小镇已经在沸腾，搅得我的心也跟着沸腾起来。我迫切地想要看到这难得一见的盛大场面，竟然等不及婶娘换好衣服，就偷偷地跟在一帮伙伴后面，私自一人逃出了家人的视线。为了早一步到镇里，我选择了近路，结果在经过一根必经的独木桥的时候，不幸掉了下去，头撞在河里一块大石尖上，当场就晕了过去。幸运的是，河里的水早已枯竭，我并没有被淹死，等醒过来的时候，已经满脸鲜血。剧痛与惊惧把我吓得哇哇失声恸哭起来。还好河岸不算高，我用尽所有的力气，摇摇晃晃地爬到了岸上，朝着奶奶房子的方向拼命地哭喊起来，直到有村民看见，直到爷爷奶奶叔叔婶娘们一起从村里发疯般地赶了过来（而当时我并没有看见母亲，据说她正好在村后的地里捡猪菜）。奶奶看见我满脸鲜血，焦骇得直掉眼泪，呼天抢地地骂着河里行凶的鬼。婶娘急中生智，跑到附近的村民烧炭的炭窑里抓了一把灰，捂到了我的伤口上，在这阵慌乱之中，不知谁从村里拉出了一辆双轮车，婶娘的大手一抱，就把我抱了上去，叔叔把我带上车把往十几里外的乡卫生院赶，婶娘则一只手帮我捂住伤口，一边忙着推车，爷爷奶奶跟在车后面，家人一阵手忙脚乱。可乡下的路不平坦，双轮车一边颠簸，我头上的炭灰一边往下掉，还没出多远，伤口又开始流血了。婶娘只好又跑到炭窑里抓了一把土灰加在伤口上。接着，婶娘让奶奶帮我先捂住伤口，略犹豫了一下，就从崭新的衣服的一边猛地一扯，围着衣服的边缘扯出了一条蓝色的长布带，利索地往我头上一绕，便牢牢地把灰土裹在了里面，结结实实地绑住了我出血的位置，伤口很快止住了血。我惊惧的心灵竟然在这一刻得到了不小的安抚，一路上停止了痛哭。而这个时候我才发现，婶娘已经穿上了那身盛装瑶服的上衣和裙子，只是腰带和裙兜还没有系好，帽子也没戴。想来是因为正在装扮的时候，听到我的哭喊声，不顾一切地跑了出来。双轮车不停地往前赶，我听见婶娘的腿在裙子里奔跑发出不停地摩擦的声音，穿过泪眼，看见婶娘粗粗的辫子垂吊在身后甩来甩去，光洁的脸上已经渗出了密密的汗珠。然而双轮车毕竟还是太颠簸，失血过多的我本来就体虚，再加上颠簸，更是难受，婶娘看见我的脸色越来越难看，索性把我背了起来，迈开大步，扑哧扑哧地往乡里赶。一路上，我趴在婶娘的背上，明显地感觉到婶娘那身蓝色的衣服早已让汗水湿透，听着她的喘息声和怦怦的心跳声，竟然晕乎乎地睡了过去。婶娘一刻也没有停，一直把我背到卫生院为止，伤口到了卫生院，就再没有大出血。后来母亲不止一次地对我说，要不是婶娘及时帮我止血，我的小命可能早就没了。

伤好出院后，我发现婶娘已经把那件被撕了一条边的衣服当日常装穿了，衣服显然被她用剪刀修齐了边，往里缝了一路针线，所以看上去像没撕过的一样，但是比其他衣服短了一大截，看着怪不舒服的。我从母亲的话语里知道，为了抢救我，婶娘撕破了那件华丽而珍贵的衣服，也没有来得及去参加那场她期待已久的歌圩会。那一针一线亲手缝制的衣服，那一生中只能穿几次的美丽嫁衣，因了我的年少不懂事，早早地结束了它在一个农村妇女生命里的光彩命运。这件事让我内疚得无以复加，问了几次母亲这样的衣服市场上有没有卖，但母亲总是无奈地摇头。后来母亲叫人照着颜色跟尺寸给婶娘做了一件新的，虽勉强能用，但原来衣服上那些用手工缝制的精致的花边、雕饰，是无论如何也没有办法复制了，少了这些珍贵的手工绣饰，这身衣服就没法还原到本来的韵味与特色了。但婶娘一直安慰我说："没事，一定是祭祀的歌声召唤到了盘王，让他看到了你受伤的那一幕，然后用神的力量驱使我，用这样一种方式来搭救你。所以，以后要是穿着这身衣服去祭祀盘王，盘王也一定会理解的。"听了婶娘的话，我和母亲这才有些释怀。后来，那件瑶服里的"短装"被婶娘压进了箱底作为永久的纪念。而自从那次事故之后，那身蓝色的衣服，也让我生出一种说不出的神圣与踏实感。

二十世纪九十年代末期，村里越来越多的年轻人出外打工，服饰也自然受到了外界的影响，年轻一代再也没有人愿意穿那既"老土"，又不适用的瑶服，取而代之的是越来越轻便与时尚的日常装扮。现在在老家村里，穿这种瑶服的，只有像婶娘这样五六十岁的中老年妇女了。堂哥堂妹们也去了外面打工，每逢节日回乡，总不忘记给婶娘买几件漂亮衣服：纯棉的、莱卡的、韩国丝的、羽绒的，而不管他们买的衣服多贵，质量多好，但最终都被婶娘压进了箱底，她总是说："我还是穿这身衣服惯些。"我也问过婶娘，为什么现在还不愿意换装，婶娘便语重心长地说："玲啊，咱们是瑶族人，瑶族人信自己的祖宗，穿自己的衣服，瑶族人就得有瑶族人的样子呀。"

现在，每次回到老家村里，看着穿着蓝色瑶服的大婶大娘们，总喜欢盯着她们多看几眼，那身蓝色，总能让人想到阔蓝的天空，祥和而宁静。而每次收回眼光，心里又免不了生出几分怅然，想着再过十年或者二十年，随着这代人的离去，这种装扮也将渐渐地消失，当我们想要再看到它时，只能是在博物馆里或者某张相片里了。在这样一个日益走向富足的村庄里，我们也许会欣喜地看到越来越多的现代化的机器、小洋房，富裕的生活在慢慢地把传统的风俗侵蚀掉。那个时候，我们是否还能想起这身质朴的穿着，是否还能看见穿着瑶族衣服的阿娘阿婶们，一手挽着簸箕，一边怀着无限的憧憬，走向那片年年耕种的田野？

　　我常常怀想这样一幅场景：一群身穿蓝色瑶服的妇女，身影起伏在一片田野之中，蓝天之下，她们的衣服和阔蓝的天空一样，柔和，美丽，洋溢着质朴的亲切。

原载《散文选刊》2011 年第 11 期

瓦罐坐在屋檐下

　　雨哗哗哗下了好一阵，从屋檐上淌下，一滴一滴地落在屋角的瓦罐里。这是一只灰褐色的大瓦罐，有着臃肿的梨形肚子，弧线由罐底往上慢慢回收，在瓶颈的外端长出一个环形的罐沿，罐沿缺了一角，这正是它躺在屋檐下的原因。雨水从破损的角滑落到地上，地上的黄泥被滴出一个浅窝，聚满了水，水滴下来，一朵小浪花就飞溅了出去。

　　这是奶奶用来腌酸菜（咸菜）的陶罐，在过去的几年中，它的肚子里曾经装满过辣椒、萝卜、莴苣、菜梗、子姜、芋苗这些能腌出绝味的蔬菜。现在，它肚里空空的，只能装些枯叶、尘土、雨水，还有偶尔掉进去的小动物。

　　它是什么时候被移到屋檐下的呢？仿佛自从我记事，就看到它一直在屋檐下。它的底部，已经部分地嵌进了泥土里，若不用点力气，恐怕都不能摇动它。

　　一到下雨天，我就喜欢蹲在屋檐下，看着那些雨慢慢地填满瓦罐，罐子里的水缓慢地溢出来，流到罐沿，再从罐沿慢慢地滴下。滴答滴答，它的声音与老屋里的挂钟多么相似。我蹲在那里一看就是许久，直到奶奶叫我回屋吃饭。

"这场雨下得及时，稻子喝过这次雨水，过些天就快熟了。"奶奶说。她像个通晓时令的女巫，知道哪月哪天是吉日凶日，知道一场雨将在几个时辰内到达村庄。在这场夏雨到来之前，她早早地把晾在晒坪上的两簸箕红辣椒收了回来。那是被阳光晒得干瘪又红艳的辣椒，所有辣的味道都挤到了扁平皱巴的身体里。奶奶用塑料袋小心地把它们装好放到吊箩里，储藏到冬天，做菜的时候，偶尔从里面拿几颗出来，切碎，撒到菜里去。

新鲜的辣椒，早在半个多月前，已经被奶奶成簸箕地摘下，奶奶叫我一起，一个一个地把辣椒上的把柄摘了去。这件看上去很容易的活，却被我做得一塌糊涂。我要么把柄摘断，要么把辣椒屁股摘掉一截。奶奶就叮嘱我，一只手把住辣椒身，另一只手握住把柄的底部再用力掰。我仍是做不好，渐渐失去耐心。没多久，隐隐感到手被辣椒浸得发烫，像是有火要从皮肤里烧出来。奶奶从瓦缸里舀出两瓢清水盛在脸盆里，让我在水里洗洗再来择。但我趁她不注意，就溜出去玩了。等回来，奶奶已经把所有的辣椒都逐个择好了，还洗过了水，放在太阳下晒掉表面的水分。我知道，等到椒皮上的水被晒干，奶奶就会把它们塞进那个事先已经准备好的瓦罐里，再放进一把粗盐，封好盖子，在罐沿上灌上水，就把这些绿油油的辣椒给腌好了。

奶奶腌了一坛又一坛，有些菜是夏天腌的，比如辣椒、豆角、子姜，有些是冬天腌的，比如萝卜、菜梗和莴苣。也有些菜被奶奶晒成干，再用盐直接干腌的，这样的咸菜保存比较久，比如萝卜干、芋苗干、笋干。酸菜罐在厨房的一面墙边一字排开，整整有六个那么多，它们在昏暗的角落里发酵，发生微妙的变化，时不时从罐沿里冒出点气泡，发出咕咕的声音。有时候，我们在厨房灶膛边打闹，奶奶会喝住我们不要碰到那几个宝贝罐子。有时候我们坐在灶前烤火，听见罐沿偶尔咕咕冒几口酸气出来，闻着，口水就出来了，缠着奶奶给我们挑点酸菜出来吃。奶奶就站在那些罐子前，骄傲得像个将军，先是对那一排黑不溜秋的罐子一眼扫过，再端详一会儿，然后手一指，说，就它了。奶奶甚至给六个坛坛罐罐分别对应安上了她六个孩子的名字，比如最小的那罐，就是我最小的姑姑的名字，最大的那一罐，就是父亲的名字。当奶奶让三姑姑去挖酸菜时，会对她说："去你那坛罐子挖几根菜梗出来。"三姑姑就会准确无误地找到属于她名字的那坛酸菜，准确无误地从里面掏出奶奶想要的东西。

再过半个月，这些坛坛罐罐里的辣椒就能发出一股蚀骨的辣香。奶奶做菜的时候，用筷子挖几个辣椒切进去，整盆菜就像被注入了某种神奇的力量，变得吊人胃口。这样的菜极好下饭，让人吃得爽口满足。叔叔婶婶姑姑们从地里做农活回来，总有一盆可口的酸菜盛出来等着他们，把他们吃得满口吸凉气又欲罢不能。

在农村，家家户户都有几口这样的坛罐，在新鲜蔬菜青黄不接的时候，在累得浑身疲乏没力气做菜的时候，或者家里没有一样菜剩下的时候，那些坛坛罐罐里的腌制的酸菜就从昏暗的角落里跳出来，喂养一个个饥饿的胃。

奶奶一共生了六个孩子，养活一个大家庭不是件容易的事。但奶奶在四季轮回中，妥帖地安排着轮番成熟的蔬菜进入那些瓦罐，什么时候该腌制什么，什么时候该把过味的酸菜掏出来，填进新鲜的蔬菜进去，什么时候整个罐里的东西要清空出来，重新放入新鲜的素材，重新酿制。

奶奶渐渐老了，她的儿女们各自成家另立门户，远嫁的只留下了空空的阁楼。生活慢慢殷实，家里最后就剩下爷爷奶奶，也不用腌制那么多酸菜了。三四个瓦罐最后被掏空，盛放着别的东西，默默地陈列在别的角落里。

罐子破了，如果还能装东西，农村人总是舍不得扔的，他们有的拿着漏底的瓦罐装上黑泥种花；有的用它们来装一些干货封起来，搁置在角落里；更多的人，会直接把罐子扔在房前或墙角，任它在那个地方静静地坐着，像个守护房子的器物，随它自生自灭。

我总是在某个落日黄昏，看着奶奶坐在门槛上，长及腰身的头发贴在黑色的粗布衣服上，垂在身体前。一把木梳子从头顶顺着头发慢慢滑落，眼睛里散发着慈爱的光。离她不远的瓦罐，被夕阳的斜照拉长了影子，那影子正好落在奶奶的脚边，奶奶一低头就能看到。这个操劳了一辈子的农村妇女，像不远处的旧瓦罐一样，装过生活的酸咸苦辣。现在，他们不声不响地各自坐着，就像两个老朋友互相陪伴和守护。

天晴了，我仍喜欢在没有事的时候，盯着那个瓦罐出神。阳光照在它隆起的肚皮上，把釉漆发出的光折射到我的脸上，让我也满面红光。在那只瓦罐里，我曾见过死老鼠、死蟑螂，也会有黄蜂或者蚂蚁跑进去筑窝。有一次我把脸凑到罐口去，想瞧瞧里面会有什么东西时，一只长长的蜈蚣从罐子里大摇大摆地爬了出来，头部差点撞到我的脸上。我惊恐地拿起身边的一块石头，朝着它猛地一击。那蜈蚣瞬间被我拦腰砍成两半，黏糊糊的液体将它一半粘吊在瓦罐外面，一边粘吊在里面。罐子这时候突然从中间裂开了，中间出现了一条拇指宽的缝，缝越裂越大，最后轰然倒地。

另一只瓦罐代替它默默地坐在了屋檐下。它慢慢地稀释自己的酸甜苦辣，也慢慢地一点一滴盛放我的另一段童年。

剩下的瓦

许多年了，那些瓦从来没有人动过。村里人都建水泥砖房了，这些从旧房子上拆下的瓦不再有用。它与屋前的那棵柿子树一起，成为我们在老家仅剩的两件东西。

瓦片齐整地叠了前后六排，上下四列，一片紧挨着一片，凑成了一个灰黑色的立体砖堆，不动声色地堆在墙角，一堆就是二十多年。旧瓦瓦身是有弯弧的，像一个长形的括弧，瓦和瓦叠在一起，一块吻贴着另一块，时间久了，瓦身都粘在了一起，连虫子都钻不进去。在外露的瓦片边缘上，已经结上了一层薄薄的青苔，偶尔会有一两棵野草从疏松的瓦片中间长出来，给那片阴暗的角落增添了一抹新色。

柿子树的枝干越长越大了，树枝向房子那边倾斜，把厨房部分地遮了起来，瓦堆靠在婶婶家的厨房墙边，立在房子和树的中间，被树荫呵护着。

十月，柿子成熟的季节，奶奶会到瓦堆边上坐坐，是吹凉聊天，也是想跟我们一样，看看那柿子真熟了没有。

每天在树下摩拳擦掌的堂哥，等到奶奶一开口，就找到了名正言顺摘柿子的借口。否则叔叔婶婶是不准他擅自动手的。更小的时候，堂哥因为贪吃柿子爬树，从树上摔了下来，把手给摔断了，怕他再犯，以后只要见到堂哥有爬树的迹象，叔叔就让他跪到瓦堆上以示教训。堆砌的瓦片表面参差不齐，跪上去，磕着膝盖可不好受，堂哥跪了几次，便长了记性，不敢再有爬树的心思。现在的堂哥很机灵，他很快找到了一根长棍子和一把镰刀，用绳子把镰刀绑在棍子的一端，这样，一个长钩就做出来了。堂哥再往瓦堆上一站，稍一伸手，镰刀就伸到了树丫中间，轻轻一钩，柿子就掉落下来。我拿着一个布袋子，负责在树下接柿子。但我也常常接不住，一个好好的柿子就摔破了。奶奶无比心疼地把摔破的柿子捡起来，专门放在一个簸箕里，吩咐我们，先把破的吃了，再吃好的。

高处总有一些柿子是摘不到的，只好让它们自生自灭。等到烂熟了，它们就会从树上叭地掉下来，砸在地上和瓦堆上摔得稀巴烂，引来苍蝇和蚂蚁饱食好一段日子。

孩子们长大了，一个个出去打工了，奶奶去世了，那棵柿子树再也没人管了。后来婶婶一家在村头建起了新房子，搬到了新房跟堂弟住，想到堂哥还没结婚，就把旧房子分了堂哥名下。

堂哥高中没毕业就去外面打工了。他原本是个学习很好的学生，聪明灵活。等到他读到高二时，因为叔叔爱赌博，把家里的钱都赌光了，连上学的学费都交不起。堂哥渐渐有了心理负担，人变得沉默不爱说话，最后发展成偏激和倔强，脑子一根筋似的什么也听不进。他每天咒骂叔叔是个罪恶之徒，扬言要亲手把他送进监狱。无论父亲如何开导，在学习上给予资助，但他的思维仍然转变不过来，最后学习一落千丈，人也没有了读书的心思，只好选择辍学，在家里做了两年农活后，自己到了外面去打工。

离开我们的堂哥，基本不告诉我们他在哪里打工，打什么工，只知道他经常穿梭在广东的各大城市，找着不同的厂和不同的事，这里一两年，那里几个月地混着，每份工作都做不长久。一开始那几年，他经常维持不了自己的生活，有时候从外面回来过年，还得亲戚朋友给他寄路费过去。回来后，也不说自己的情况，即便是说到一些感兴趣的话题，也很快会因为观点不同而吵起来。堂哥一吵架就会面红脖子粗，一副跟谁有深仇大恨的样子。为了一团和气，大家只好选择了迁就和回避。年后，去广州打工那天，他会上县城来跟我的父母亲打个招呼，然后提起简单的行李便又消失在人潮中。久而久之，亲戚朋友们也不再过问他去了哪里，做了什么，只要他在逢年过节的日子能正常回到家乡，与家人团聚就好。以前，大家都张罗着帮堂哥找对象，现也，大家也不再操心这个事了，一个行踪捉摸不定、连交流都困难的人，我们完全无法进入他的意识领域，更不知道如何帮他。

一晃又是好几年光阴过去，柿子树和那堆瓦依然还在老房子前面，只是早已无人理会，也没有人稀罕去吃那些柿子了。村前村后的田野里，种满了各种各样的果树，在村人眼里，*涩涩*的柿子确实没什么好期待的。每年，柿子成熟了，掉落下来，掉在地上和瓦堆上，引来村里的小猫小狗聚舔，还有成群的蚂蚁和苍蝇在热闹地搬食。每次当我回到老家，看着越来越破败的老房子，心里总是横生出一股悲凉。

我开始同情那些无人问津的瓦片，几十年撂在那儿，在明暗交替的人间默默地煎熬着自己的光阴。也许它们本身并不需要别人去怜悯与呵护，但那种弃之可惜又用之无处的鸡肋感，总是在隐隐地抓挠着心里的某个地方，让人难以释怀。

几年后，当我再一次回到故乡时，发现那堆瓦已经不见了。婶婶的厨房也不见了，取而代之的是一个古色古香的花圃，用灰褐的瓦和砖做成别致的围墙，把一园子肥绿的菜围在了里面，显得格外地有田园风光。我才知道原来村里搞乡村风貌建设，每家每户的旁边，都做了微型田园，整个村庄变得整洁美观，别有风情。

后来我知道，原来留下的那些瓦，被一位园林师巧妙地用在了围墙里，它们由原来的同向叠加堆放，变成了反向叠放，瓦身构成了波浪一样绵延的图案，十分别致。

瓦接续了作为瓦的使命，有一个好的去处。转身，老房子依然在那里继续陈旧着，而他的主人仍不知所踪。

原载 2022 年 3 月 10 日《北海日报》副刊

旧炉灶

如果不是路中间那颗石头，堂弟的摩托车也许不会被绊倒。在这个西北风呼啸的夜晚，还下着冷雨，堂弟是连人带车滚到了路上。还好摩托车并不高，这样的事也不是第一次发生了，每次摔，堂弟都能保护好自己不至于受多大的伤。

他从地上爬起来，把摩托车从地上扶起，心里总是懊恼不该在这样的雨夜回村里。店里有床铺，他可以在店里守店，第二天起来再接着营业。但每天打了烊，他总还是要急匆匆地跑回十公里外的村庄，第二天早上再上县城，仿佛不回去，心里总有万般事情放不下。

家里只有老母亲和儿子。店开在县城，是个保健按摩店。他也只能干这个了，生下来就是个白化病人，视力只有0.01，白天看东西都模糊，更别说晚上。堂弟晚上骑摩托车从县城回来，仅靠着车灯的照射依稀辨别路的方向，在黑黑的乡村路上奔走，遇到对面来车，他便老老实实减速停车，让别人的车过了，他才起步加油门。晚上回到村里，婶婶总还是在等着他，见他进屋，就会到厨房给他热两碗油茶，看着他喝，说几句话，再去睡觉。

现在住的新房子，就是靠堂弟开店挣的钱和亲戚朋友的资助建起来的。为了能早点还清债务，堂弟每天都是起早贪黑地赶。店在县城开了五六年，换了三个地方。今年，为了孩子能上到县城的小学读书，堂弟又煞费苦心地把店换到了小学的附近，因为有了租房合同，有了落户的地方，孩子就可以就近上县城的小学了。但店面换来换去，难免会失去一些客源，因此今年店里的生意有些清淡，这让堂弟十分愁苦。

新房子建在村子最前面，村子的西南角，摩托车一转到村前的大路上，就能看到两层高的楼房矗立在黑夜里，屋里仍亮着灯。

当年，叔叔与婶婶是近亲结婚，生出了这个全身发白的堂弟，头发白、眉毛白、眼珠白、皮肤白。村里人一度将他视为"怪胎"，以为他不会活多久。但除了皮肤颜色和视力不正常之外，堂弟其他一切正常，甚至比一般人更有头脑。

童年的堂弟，无论走到哪里，别人的眼光都会跟到哪里，追问与嘲笑像空气一样天天包围着他。上课的时候，他看不清黑板上的字，老师的提问自然也答不上来；课间跳绳、打乒乓球、打篮球这些需要视力支撑才能完成的游戏，他都被排除在外，看着同学们嘻嘻哈哈地打闹，他只能一个人待在角落里暗自神伤；同学们压根儿不会记他的本名，只叫他的外号——"白头发"。

初中毕业后，堂弟不再念书，一个人跑到外面的按摩店打工，跟别人学了盲人按摩，求艺的艰辛过程自不必说，当然他也从来不说。手艺学回来后，自己开了一家按摩店，房子就是他凭着手上这点本事建起来的。

婶婶去厨房热油茶。液化气用完了，做晚饭的时候，她把放在角落的旧炉灶重新拿了出来，放在厨房里煮饭、烧菜。在农村，许多人家里一边用着液化气灶，一边还备着一个老灶，在液化气接应不上的时候，就用老灶临时接上。柴火是不用发愁的，村后的山岭上，厚厚的松针落叶一抓就有一大把，掉落的枯枝随便一捡，就能拾掇成一捆拿回来当柴烧。

旧炉灶里还有火星，婶婶往炉里凑了一把松针，火很快就起来了。一股浓烟从炉灶伸出的烟囱里飘了出来。厨房与客厅并没有隔开，烟很快就在房子里弥散开来。

堂弟闻到了烟味，皱了皱眉头，说，怎么不用液化气呀，这烟这么浓，把新房子熏黑了怎么办？婶婶说没有液化气用了，得充，再说这老灶挺好用的，省钱。要不是天气不好，我怎么会在屋里烧柴火？

堂弟这才想起许久没有给婶婶钱了，她身上怕是连充液化气的钱都没有了。他赶紧往口袋里掏了掏，发现只剩下两百多块，他全部递给了婶婶。这个月他刚交了房租，生活费所剩无几。油茶热乎乎的，堂弟拿起来咕嘟咕嘟几口就喝了下去。婶婶再帮他续上。看着儿子的裤管是湿漉漉的，知道这一路上淋了不少雨，她的眼泪又出来了。

第二天早晨，雨停了，天气意外地转晴了，阳光虽弱，但在慢慢变暖。

婶婶把旧炉灶搬到新房子外面，放进几根柴火，把前几天挖的红薯芋头放灶上一起蒸熟，再炒茶叶把油茶打好，这顿冬日的早餐就这么解决了。

冬天的风仍有些寒冷，房子周围三面都是空旷的田地，前面的这片田地，连着村前的二级乡村公路。在公路与田野的夹角，是一座向阳的山坡，那上面种着一片整齐的杉树，风一吹，杉树便齐整整地摇曳起来。叔叔的坟就在那个山坡上，远远地斜对着婶婶的房子。

叔叔早几年得了一场急病，医治不及时，早早地就去世了。

婶婶朝着坟的方向看了一眼，舒了一口气，埋头，又开始往炉灶里添凑柴火。

回　音

　　一阵夏风从松树岭上吹过，林子就哗啦啦地响起来。

　　空气里开始有枯枝折断的声音、树皮剥落的声音，剩下的就是松针窸窸窣窣掉落的声音。间或有几颗钝重的松果也跟着掉落，但奇怪的是，它们的掉落反而是没有声音的，除非它们打在身上，或者滚落到我们跟前，我们才会发现它们的存在。在这片小松树林里，我们从来没有见过松鼠，这让松果变得有些寂寞和无处可依。所以如果没有人把它们捡回去，它们就一直静止在原地，慢慢地腐朽。

　　"你说以后我们两个会嫁到哪里去呢?"我问明姣。明姣年龄与我相仿，在村里，我们俩是最好的伙伴，整天形影不离。现在，我们俩正在村后的山岭上一边钩松毛一边讨论出嫁的问题。

　　"我也不知道哇。"明姣也发愁，"我们连村子都没出过，哪里知道还有什么村可以嫁过去。"两个才六岁的小女孩，打小在一起目睹村上的姑娘们一个一个地嫁出去，突然就意识到了将来我们也要面临出嫁这个问题。

　　那些姑娘出嫁的时候，一边哭还要一边唱歌。我和明姣在看她们的时候，一脸的疑惑，明明看到她们穿嫁衣时还是一副羞答答的样子，但出家门时却突然撕心裂肺哭唱起来，这让我和明姣怎么也想不明白，那种从喜悦到悲伤的情绪是怎么酝酿的，难道说，农村的姑娘到了一定年纪，就自然会哭嫁这套本事了吗？

怎么办呢，这歌我们不会唱啊，我们俩为此感到发愁。于是二人在山岭里钩松毛时，就偷偷地学着哼几句，却发现，根本找不着调，也不知道要唱什么词。于是明姣有些沮丧地说，如果两个人都嫁不出去，我们就在一起过一辈子，不嫁了。于是，在山岭上，两个女孩子嘎嘎嘎地笑了起来，吓跑了几只树上的鸟。

钩松毛有一种特定的竹织工具，一根长的空心竹把柄，连着一个扫把身似的把头，把头前端扇形伸出的十多只钩钩，我们叫它"松毛钩"。拿着把柄，把松毛钩往铺满松针的地上一钩，松毛就会集拢在钩里，我们把它们聚积成一堆，然后堆到畚箕里挑回家去。我们从不同方向把松毛钩投向那些稀稀疏疏的松针，一遍一遍地往自己的脚下钩着。

"以后我们要嫁就同时嫁给一个男人，这样我们就又能在一起了。"我说。

"哈哈哈，哪有两个女人嫁给一个男人的。"明姣清脆的笑声从山林的这边传到了那边去，然后又从山林的那边传了回来，这下一个山岭都是她清脆的笑声。

村后的这片山岭并不大，也不陡，从这边走个两三百米，就能到达岭头的另一边。

我们朝着不同的方向钩着松毛，她往东我往西，渐渐地，我和明姣走远了，抬头，她已经不见了踪影。

天有些暗了，没有鸟叫声，松林静得可以听见自己的呼吸。不远处劳作的人们也回去了，田野里空空荡荡的，剩下无边的辽阔。

不知道怎的，我开始有些害怕起来。

我把双手合成喇叭放在嘴前，大声地叫着："明姣——明姣——"

松林里回荡起我的声音，还一遍遍地重复："明姣——明姣——"

没多久，松林的那边，就会响起明姣的声音："哎，我在这儿呢——这儿呢——"听见小伙伴的声音，我也就不害怕了。不一会儿，明姣会搂着她钩的松毛，一蹦一跳地出现在我的面前，如果幸运的话，她手里还会带着几颗鲜红的野果，得意地在我眼前晃动，然后再分给我。我们把钩来的松毛集拢，高一脚低一脚地用畚箕挑回村里去。

声音仿佛还在山林里回荡。一会儿是"姣——姣——姣"的，一会儿又是"这——这——这"的。我总是奇怪，松林的回声为什么那么好听，直到我们走出了岭头，走在回村的路上，那声音才在林子里慢慢消失。

与明姣在一起的童年岁月，常常在我的脑海里涌现。七岁以后，我们全家搬到了县城，而明姣依然留在村里，我们像一只候鸟和一只留鸟，在不同的山岭里，过着自己的生活。

因为读书，我也很少再与明姣联系。但每次回老家，我还会去找她，二人之间依然无话不说，亲密无间。但随着时间与人事的阻隔，二人之间渐渐生疏，我们见面之后，话越来越少。有时候我给她不停地说县城的生活，说学校里的事是多么多么好玩，她总是默默地听着，眼里流露出羡慕，却不知道怎么回应我。渐渐地，后来我不管说什么，她只是听，不再回应我什么，就像在山林里，有时候我呼唤她，她也没有回音一样。

最后，书越读越多，家乡却越来越少回去，我们的联系更少。多数时候，我只能从父母亲的嘴里打听她的消息。在我读大三的那年，也就是我们同为二十岁的那年，明姣嫁为人妇，我们就没再有过交集。

我不知道她还记不记得小时候在山岭里的那番对话，也不知道她后来有没有担忧过出嫁的时候会不会唱哭嫁歌，甚至她出嫁的时候，还时不时兴唱哭嫁歌，只是知道，她出嫁的时候，我还在象牙塔里，在大城市里想象着她嫁的男人是什么样，她的婚姻幸不幸福。我们的人生轨迹就像两颗同时掉落的松果，一颗，滚落到很远的地方去，另一颗，仍落在树根。

我以为我很难再见到明姣了，她仿佛只存在于我的童年记忆里，供我拿出来一次又一次地回忆。

参加工作后的某一天。为了赶时间去车站搭公共汽车出差，我在街上拦了一辆三马车。那时候小县城里还没有的士，搭人拉货，三马车盛行。

我坐上三马车，发现司机是位女士。她的脑后简单地扎着一束头发，身影消瘦，穿着朴素。

我说了目的地，她猛地转回头看了我一眼。

"明姣！""小玲！"我们同时叫出了对方的名字。

一只蜜蜂在春天死去

我就站在他对面，看着他戴着黑色的网状防蜂面罩，低下身，缓缓地从蜂箱里抽出一块四方形的巢块，那上面结满了密密麻麻的巢洞，上面爬满无数只正在蠕动的蜜蜂。

蜂巢密集的程度让我鸡皮疙瘩直起，仿佛那些蜜蜂不是趴在蜂巢之上，而是全趴在了我身上一样。但我的好奇心还是胜过了恐惧，不管如何，我只想弄明白蜂蜜是怎么酿出来的，再看看养蜂人是如何与数以万计的蜜蜂打交道的。

蜂巢上的蜜蜂开始四处飞散，越来越多的蜂在我们身边盘旋。

岭南三月，阳光开始向人间挥霍它收敛了一冬的热情，远山上的草木在风中翻涌复苏，冷寂的山脉渐渐呈现出浓淡不一的绿色。那些从旧绿里长出来的新绿，从远处看，就像蜂巢突出的表面，群鸟在树冠上起起落落地热闹起来。山脚下，大片小片的油菜花像不规则的补丁，错落有致地打在了刚刚绽绿的土地上。在养蜂人的身后，我的对面，一大片油菜花向远处延伸开来，金黄的油画底色，把周边所有的景致都纳入了画中，包括我们。这是一幅唯美的艺术画作，我身陷其中，沉醉不已。

与油菜花地隔着一排木栅栏的，正是我与养蜂人所在的这个拥有几百蜂群的养蜂场。贴着木栅栏，每隔两米左右，放着一个木蜂箱，木蜂箱静置在栅栏根边的油菜地里，蜜蜂从中飞出，带出灵动的意趣。更多的蜂箱被整齐地排放在了一列列盖着的敞棚下面，每间隔一米左右放一个，横列着放了几百个。在这个颇具规模的养蜂场里，我听见嗡嗡嗡的轰鸣从那些木箱子里发出，仿佛无数架无人机正开始旋动机翼，整装以待一起升空。我想象着那里面，密密麻麻的蜜蜂堆叠在一起，这只的脚踩着那只的脚，这只的翅膀卡住那只的翅膀，你争我抢地把采的花粉和花蜜往巢洞里塞。在每个蜂箱的底部，会留出一条缝，蜜蜂们就从缝隙里钻出来，飞到油菜地里采花蜜和花粉，采足了蜜和花粉之后，又从那条缝里钻回蜂箱。

用手机的微距，我清晰地看到蜜蜂迅速地叠扇翅膀，转动复眼，口器在一张一合中快乐地从一朵花飞向另一朵花。它们尽可以骄傲，因为在这一片连绵的群山脚下，亿万朵花都属于它们。只要选中其中一朵，就会把头伸进去，在花里贪婪地舔来舔去，拼命地吸着花蕊里的蜜汁。等它们飞回蜂箱时，我能明显地看到它们的脚上已经沾满了金黄色的花粉，就像小脚上穿了一双明艳可爱的小黄鞋。如果撇开蜇人的特性不谈，蜜蜂这种"勤劳"的动物，真是一种招人喜爱的小精灵呢。

我被这场景深深地迷住，以至于几只蜜蜂飞到了身上，竟浑然不知。等我突然感觉到左手上有一种肉麻的细痒时，低头看看自己，才发现好几只蜜蜂已经分别落在了我的身上、肩膀上、手臂上、防蜂罩上。

在手上的那只蜜蜂还爬来爬去，细密的小脚交替地踏在我的皮肤上，仿佛很好奇地在我身上找着什么，就像我很好奇地想知道它们怎么酿蜜的一样。一种微妙的痒传遍了全身，这种感觉让我再一次鸡皮疙瘩四起。我感觉自己难以忍受那种微妙的肌理折磨，甚至开始怀疑下一秒就会因为这样的感觉不断上涌而神经质地跳起来。

我的身体一动不敢动，希望它尽快飞走，但它好像并不着急，尽管我的手忍不住挪了挪位对它进行了讨好般小心翼翼的暗示，但它仍然在我的手背上爬得不亦乐乎，一会儿爬到手背上，一会儿爬到手指上，在几个手指间绕几圈又爬回来，仿佛我的手上涂满了花蜜。又过了一会儿，它还不走，手上竟又飞来了另一只蜜蜂。现在，那两只蜜蜂在我手上来回穿梭着，有时候同向前进，有时候又分道扬镳，有时候它们还叠在一起，像要在我眼前上演繁殖交配一样。看上去它们并不急着要走，而我内心的恐惧，已经被它们的游走急速地挑逗出来。

爆发。那种无法形容的肉麻像正在复制的病毒，在全身迅速地蔓延开来，我感觉全身都要起一团一团的疹子了。

终于，我还是按捺不住自己要去驱逐那两只蜜蜂。我用右手的拇指和中指围拢成圈，慢慢地靠近那两只蜂，准备用中指将它们轻轻地拨出去。它们应该飞到油菜花上去采蜜，而不是在这里挑战我的耐性。

就要触到那两只蜂了，其中一只竟机灵地飞走了，另一只却突然尾部一撅，向我的右手准确无误地射出了一支利箭。

右手拇指一阵麻痛。我被蜇到了，还惊叫了一声。

对面的养蜂人抬头看着我，皱皱眉说，你不应该赶它们。

可是我也很害怕它们哪。肉麻不说，小时候在野地里玩被蜜蜂蜇过，脸肿了好多天，内心对这种动物还留有一小块阴影，尽管这些小东西看上去是那么可爱，尽管它们能酿出令人沉醉的蜜。

养蜂人很淡定地告诉我，蜂刺射出来的时候，会顺便把它的部分内脏也带出来，所以刚才蛰我的蜜蜂，很快就会丧命。

你只是受了点伤，擦擦药过几天就好，养蜂人说。他的脸上露出不易察觉的难过，仿佛将要死去的不是一只蜜蜂，而是与他日夜相伴的爱宠。我站在原地，有些不知所措。那一刻，在别人眼里，我俨然是做错事的人，无意中扼杀了一只可爱的精灵。

可我又怎么知道，为了捍卫自己的生命，它用的竟是孤注一掷的方式。生命对于它们，是如此的珍贵却又如此地能轻易放弃。一旦固有的安全现状被打破，它们用尽全身力量，发射出身体里的绝杀武器来攻击对方以自保。没有思索的过程，也没有转圜的余地，就这样不顾一切。

我想，它们小小的身体里一定潜藏着一股巨大的力量，这股力量里包裹着强大的自尊。当面对几千倍于它们体积的人时，它们的恐惧要比人面对它们时不知庞大多少倍。它对一只并不打算索它性命的手施予了过度的自卫与最彻底的反击，这就像生活中那些缺乏安全感的人，他们无时无刻不在自己的身体里修筑堡垒。

想起小学的时候，一位经常打架的男同学总是喜欢四处挑衅。每次我看到他就无比惊恐，躲得远远的。正因为这样，他对我这样弱小的同学的欺负像上了瘾，每天总有一两个同学要遭他的殃，却又不敢去告状。有那么一段时间，他竟莫名其妙地专门欺负我一个人，动不动就跑过来抢我的书包或者铅笔盒，有时候是一屁股坐到我的书桌上扯我的马尾，把我的头发吊起来疼得我哇哇叫，每次都把我吓得心惊胆战。越来越多的害怕让我一看见他，就恨不得马上跑出学校，不想再读书了。

那是一次课间，我在座位上写作业，他又一脸邪笑地朝我走来，我的恐惧一下就提到了嗓子眼上。有时一个人恐惧到了极致，反而生出一股置之死地而后生、孤注一掷的勇气。这次我暗暗咬牙，决定豁出去，不再向他妥协，他若欺负我我就跟他大干一场，哪怕最后我被他打伤，也好过他一次次地得寸进尺。

他走过来了，站在我前面，似笑非笑地瞅了我一眼。是的，就是这一眼，把我的恐惧和愤怒激发得像火山一样迸发出来了。我突然拿起桌上的铁笔盒，用尽力气地向他身上拍过去。他竟没有想到我会先出手，而且没有想到我出手如此之快。四方的铁铅笔盒重重地拍打在他的肩膀上，发出啪的重击声。他被我突如其来的表现吓呆了，目瞪口呆地忘了还手。我趁他还没有反应过来时，又在他身上歇斯底里地狂拍了一阵，他才猛地抓住我的手，把铅笔盒抢过来，要回击我。而我迅速挣脱他跑出了教室，直接跑到了班主任办公室，来了个"恶人先告状"，说那个男同学打了我。

作为一名瘦弱的女生，又是三好学生，那是我第一次跑到老师面前告状。毋庸置疑，班主任马上相信了我，他二话没说，径直踱到教室去，一把揪住那个男生的耳朵，把他扯出了教室。男同学委屈地大叫："老师，是她先打我的！"可是班主任不可能相信他的话，一个瘦弱的女学生怎么可能会先打一个劣迹斑斑、人高马大的男生？班主任本来就不喜欢他，现在正好抓住机会又教训他一次。在一边看的同学也不会替他做证，因为他们几乎都被这位可恶的男生欺负过。

就这样，他写了检查，还因为屡犯错误被学校警告处分。那以后，他每次见到我，虽然一脸的愤怒，但再也不敢造次。令我惊诧的是，后来老师偷偷来告诉我，其实那位男同学并不是要欺负我，而是准备找坐在我后面的男同学要一件东西，而我却突然大打出手，把他吓了一跳。

但那位男同学，初中毕业后仍然恶习不改，在社会上结交不良人员，终日靠当别人"马仔"过日子，三天两头跟别人干架。工作后，一次我刚上一辆公交车，竟被他一眼认出，还主动跟我打招呼，让我坐到他身边去。我看见他手臂上夹着板子缠着绷带，脸上有淤青，一看就知道还在干着老本行。我很迟疑，不敢坐过去，但悲惨的是，公交车上已经没有别的位置了，有人宁可站着也不愿意坐到他身边那个空位。碍于同学面子，我只好硬着头皮坐了过去，料想他这副尊容，要想像多年前那样欺负我也不容易。

他竟很高兴，说他还记得很多的同学。他只字不提我们的那次打架，一直不亦乐乎地跟我说着这些年的"英勇"与无所畏惧。我在一边尴尬地屏住呼吸，屏蔽他身上混杂的体味和药味，不敢说话。好不容易等到下车，他竟还十分侠义地跟我放话："以后谁欺负你，你就找我，我来替你摆平！"我点点头，急急地离开了。那次见面后没多久，他便死于一场乱架。这仿佛是意料中的事，但听到这个消息，还是替他觉得可惜和难受。

后来听同学说，他很早就失去父亲，与母亲一起生活。母子俩经常被人欺负，为了保护母亲，他渐渐地不得不与人打架，来显示自己的强大。到最后，他的反击渐渐变成了先发制人，欺负人也变成了一种习惯。

原来他的"先发制人"一样源自内心的脆弱与害怕。他与那只蜜蜂一样，明明知道这样下去必然非死即伤，但他还是选择了暴力人生。

就像那只不顾一切的蜜蜂，我对那个还没有开始进攻的"敌人"先进行了自以为是的反击。只是，在潜意识里，我知道自己的反击并不会构成生命的威胁。但蜜蜂的反击方式太过于悲壮，明明知道自己会死，还是要做出"同归于尽"的誓死一搏，那是在捍卫生命的尊严。

我与蜜蜂，有着草木皆兵的戒备，而蜜蜂与同学，有着不计后果的孤勇。这两者，牵扯的是一种失衡的人生，当失衡超过了生命的承受能力，悲剧终会上演。

手指迅速地红肿起来，越来越痛，越来越痒，我不停地想要用另一只手去挠它。我对着开始红肿起来的手吹气，观蜂的兴趣此刻已经消失得无影无踪，我希望马上离开这个危险的地方。养蜂人把蜂巢放回蜂箱，说带我回家擦药，然后领着我走出了蜂场。

遇见蜜蜂千万不要慌，也不要跑，更不要去攻击它们或在动作上表现出侵犯性。它们本来可以与人类和平共处，但如果人类的举动让它们失去安全感，它们就会发起自卫反击，养蜂人一边走一边对我说。

我知道，在大自然中，惯于自卫反击的动物很多，壁虎遇到危难时会选择断尾；蚯蚓遇到危险时会选择断裂身体；兔子被其他猛兽咬住身子时会使劲挣扎，脱落一层薄皮以逃脱；飞蛾受到威胁时会露出一双令人吃惊的"眼睛"来惊吓捕猎对象；潜水甲虫在遭受攻击时，会放射出有毒的类固醇；蝎子会从其尾部释放毒液……但这些动物的反击，是局部的牺牲，最终是为了保护自己的生命，而不是不顾一切地付出自己的生命。如果保护生命的同时就失去了生命，那这样的保护意义在哪里？

所以我想，蜜蜂保护的不只是自己的生命，更是一颗用敏感的心紧紧包裹的强大自尊。

我不知道大自然中，还有什么动物会像蜜蜂这样，生着弱小的身体却抱着强大的自尊生活。我只知道那些动辄勃然大怒歇斯底里的人，他们就是警惕而卑微地生活在人间的蜜蜂。

养蜂人给我涂上了治蜂毒的药水，作为蜂的主人，在被叮咬的人与死去的蜜蜂之间，他更倾向于同情一种生命的消逝，而不是一点皮外伤。而我也同意他把错误归罪于我，毕竟，作为自然界的高级动物，我对于这种普通生物的了解是如此有限，是我把尘世的防备之心，先用在了这弱小的动物身上。

养蜂人抬手，指向不远处的群山。他告诉我，那里有葱郁的参天古木，葱茏的灌木丛，也有大大小小的蜂群。

这个季节，该是春光烂漫花满山了，我想象着，在那连绵起伏的群山里，许许多多的蜂群还在结巢、劳作、攻击或者逃生，我希望每一只蜂，都在珠链般悠长的生态链里，扇动着翼翅，护着小小的身体，平安地飞向春天里的每一朵花。

房　子

一

最后，世间所有的人都会变成灰土，埋进土里，与大地融为一体。在我长到略懂人事之后，对人的去向有了一些初步的认识。这世上并没有神话里的长生不老，也没有什么灵丹妙药，人总是难免一死，就像爷爷。

现在，他安静地躺在棺木里，他的棺木就要盖棺。按习俗，在他盖棺出葬之前，亲人们要抱着他的子孙依次从棺材的这边传过那边去，这是给过世的人最后再看一眼他的子孙们，也是孙儿们向逝者做的最后告别。

师公闭着眼，手里摇着灰色的铜铃，口中念着祭词，那些祭词我一句也听不懂，它们仿佛从另一个世界来，带着异世界的调子。祭师从一个碗里拿出一些米，围着棺材走了一圈，一边念着祭词一边撒米，回到原位后，又拿起一杯酒，在棺材头倒了下去。微微上扬的棺材头，像农村家家户户屋顶上扬的屋角，向着太阳，向着希望。

棺材架在两条长凳上，有大人的胸部高。我看见姐姐、堂哥被依次地举起，从棺材这边传过那边去。我有些害怕，那时候，我应该是五岁这样，老实说，我确实害怕他们抱不稳，把我摔进棺材里，让我掉到逝者身上。那是一种无法想象的尴尬，虽然是自己的爷爷，但这时的爷爷毕竟已经不是原来的爷爷。我这样想的时候，觉得有些对不起爷爷，仿佛我已经开始嫌弃他了。我想这或许是我第一次在幼小的心灵里面对死亡的话题，这样悲恸的场景，把死亡渲染得那么沉重，像满天的乌云包围着每个人的心灵，让人恐惧。

不记得是哪位大叔的手把我横抱了起来，脸朝上地拖起。我的身体像僵直的树枝，硬挺着不敢动。身体经过棺材上方的时候，我还是好奇地低头看了看棺材里躺着的爷爷，他身着黑色的寿衣，清瘦的脸很宁静，像在安详地睡着。接着，我被棺材另一边的大手接了过去，就这样，在这两三秒间，我完成了与爷爷的最后告别。

爷爷看见我了吧，我心里想。以前，爷爷总是温柔地叫我"玲玲，玲玲"，那慈爱的声音听起来，仿佛我就是古典文学里"环佩叮当"的小女孩从他的眼前快乐地走过。他从不像村里别的老人一样重男轻女，他是乡里少有的"秀才"，十里八寨的人都知道他有文化，尊重他。爷爷常常说我是个聪明的孩子，以后要多读书。

我突然就哭了，不是因为害怕，我知道，从此以后我再见不到他了。

接着，众人像是得到了号令，所有人都一起跪下，哭声像潮水一样排山倒海。

师公们又一阵敲打，领唱的师公嘴里又念唱一阵，接着，提气悠长地说：盖——棺！几个壮汉把放在一边的棺材盖子抬了过来，合在棺材身上，又拿来几个大铁钉，在棺木的边上一个个地敲下去。棺木被永远地合上了，我们完成了与爷爷的永别。

吉时到来，起棺，众人把棺材抬到附近的山岭上，埋入地底，让逝者入土为安。

女眷们站在离下葬不远的地方止步，看着棺木渐渐隐入树林。就这样，我们与爷爷阴阳两隔，永不相见。这座棺材，像一个列车厢，载着爷爷到了另一个世界去，它是逝者安全而温暖的居所，他们在里面完成了一个人从一个世界到另一个世界的承载过渡。

二

爷爷过世几年后，奶奶也早早地为自己准备了一副棺材。棺材还没有漆上黑黑的油漆，米白色的原木料，能看见一圈圈的年轮和纹路。棺材悬在堂屋的梁上，头朝大门，棺尾伸向里面，一进屋抬头就能看得清清楚楚。

我第一次进奶奶的老屋看见这副棺材的时候，一下就蒙了，也不敢迈脚进去，奶奶的房子仿佛变成了一个巨大的坟墓，变得阴森恐怖。一种就要失去亲人的恐惧瞬间弥漫了我的全身。我有限的想象力还是想到了亲人们将我的身体抱过奶奶的棺木，跪在奶奶棺前痛哭的那一刻，我甚至能想象到一座新坟将突起在爷爷的坟墓旁，我们将年年在坟前无比想念地喊着爷爷奶奶，一边铲去长高的荒草，一边在坟头上放上新土。

奶奶正在堂屋纳着鞋底，抬头看了看我，说："玲啊，别怕，奶奶也就是看着有副棺材心里安心，现在奶奶好着呢，还死不了。"奶奶的语气轻描淡写，以至于让我相信了至少现在还不会失去她，内心有了一丝慰藉。

二十世纪八十年代的农村，仍是贫困的，许多的老人害怕自己死后，儿女们买不起棺材，于是有生之年，有条件的老人就会提早为自己先准备好棺材，待到去世时不至于让后辈们尴尬，拿得出"房子"可住。

不久，我终于能够做到在进出奶奶的屋子时，看到棺材如看到奶奶家的桌椅那样淡定，这是后来每每看到与自己相对而来的棺材却毫无惧怕的原因吧。在我居住的地方，每每有人去世，如果是以棺木下葬，送葬队伍就要抬着棺材穿过一段街道，走到风水先生事先看好的村外山头去埋葬。棺材经过街道的时候，许多人避之唯恐不及，而我却毫无顾忌。棺材到了面前的时候，我会肃然起敬，对它行久久的注目礼。奶奶对于死亡的淡定，让我从小就觉得，人死后，是有地方可去的，是有地方可收留的，我死后，可以在另一个世界与他们重逢。这样想，也就不觉得死亡有那么可怕，死后有多么孤独了。

十多年后，奶奶寿终正寝。收留她的，正是那具存放在家里许多年的棺材。我是奶奶带大的，虽然是孙女，但我执意加入了为奶奶穿寿衣的行列（按习俗一般是子女为老人穿寿衣），当我和大人们一起抬着她冰凉的身体，把她轻轻地安放入棺木中时，我的内心竟有着异乎寻常的平静。

奶奶小小的身体在棺木中躺着，也许这一幕她自己已经想象多年了，现在，生命圆融，归宿圆满，终于如生前所愿。传说人死后灵魂会升天，我想象着奶奶此时在我头顶的某个地方欣慰地看着我们，她的内心是欣慰的，那所房子宽大而体面，孩子们全部到了她的跟前尽孝，她的面容看上去如此安详满足。

这一天是上天的安排，并没有太多的悲伤。我看着她，想象着她的灵魂已经在另一个世界与爷爷相聚，这是一件幸福的事，我觉得她的身上渐渐又有了温度。

三

叔叔是得急性肾损伤去世的。堂弟堂妹们还来不及从外地赶回来跟他见最后一面,他就走了。叔叔是在医院去世的,按村里的习俗,死在外面的人,葬礼是不能在村里举行的。但农村不兴火葬,尸体还是要埋回故土的,所以叔叔的葬礼只好设在村外。在一块空地上,背靠一面土泥墙,在土墙前面铲出一块平地,临时搭一个塑料棚,人从县城抬回来就摆在棚里。棺材还来不及准备,就先用一块布盖着。没有棺材的叔叔,就这样孤零零地躺在冷风中。亲戚们轮番守夜,等着他的孩子们从远方赶回来,等着那口棺材来把他装下去。

第二天,卖棺材的师傅终于匆匆忙忙地拿了一副棺材来。

叔叔棺木上的油漆是新刷上去的,跪拜在棺材附近,还能闻到浓重的油漆味。我看到还有油漆刷好后从上端流下的痕迹。厚薄有些不均匀,漆还没有完全融入棺木之中,散发着未渗透前的光亮。

那时候不知道这样的规矩是谁立的,当时觉得叔叔极可怜。那些愚昧的世俗像一个巨大而无形的围墙,把人的灵魂和肉身都拒绝在外面。人都死了,还不能回到自己的村里,我想象着叔叔如果有知,他定望着从小生长的村庄、亲人,却无法向他们靠近。

叔叔在世时是一个屠夫,每日他用一架方拖拖着几百斤猪肉,各村各户地走,大声吆喝着卖猪肉。在二十世纪八九十年代,能吃上猪肉都是奢侈的事情,更不用说卖猪肉了,但叔叔头脑灵活到自己找到这一门营生。那时叔叔一个月的收入比当中学老师的父亲都高，全村人都视他为暴发户。我仍记得小学四年级的时候，叔叔有一天突然上了我们县城的家，给我带来了一件那个年代的奢侈品——一架雅马哈电子琴。那是多少人想都不敢想的东西呀，奢侈到当时在那个小县城，几乎找不到教弹电子琴的人，因此，我只是闲时自己学会了用单手弹奏一两支简单的曲子，这架电子琴便很快被我束之高阁了。

但叔叔嗜酒如命，一日三餐不离酒。他用酒就着一碟黄豆或者一盘肉就能喝上一天。叔叔也喜欢去跟别人赌钱，但几乎都是输。亲戚朋友又是劝又是骂，他还是改不了。最后，因为输得太多，连猪肉本也输光了，猪肉也卖不成了，最后做回农民，只做点庄稼地上的活，家里的生活自是越过越差。堂哥本是一名聪明的学生，以不错的成绩考入了高中，但后来因为叔叔四处欠债而背上了沉重的心理负担，成绩下跌，最终没完成高中学业，被迫出去打工。家里的其他三个孩子也因为叔叔，都没有读好书，没有一个好前程。

叔叔的一生可谓输在了酒上。他生病，也多是因为酒。但没有谁会在这个时候再去追究他生前的种种不是，只念及他的好。而我每次想起那架雅马哈，对他的成见便会瞬间消失。

或者只有在酒里，才能找到他的归宿。我们在他的棺木里放了酒瓶，在棺木前也洒下许多酒，希望他在那边仍可以过上顿顿有酒的生活。

四

同学军的棺木经过我身边的时候，许多童年的画面也涌现出脑海。工作多年以后，听说这位同学恶习一直不改，打架勇猛，一直以打架为生。这样的同学，我是招惹不起的。后来听说军在一起斗殴中被人数刀捅死。

他死那年还不到三十岁，已有了妻儿。我与这位同学在生活上几乎无交集，但碰见过几次。一次是在公交车上，他的脸上有几道长而明显的疤痕，看上去触目惊心。他看见我，热情地邀我坐在他的身边。而我当时，表情肯定是有许多的不情愿和胆怯。但他却明知故问："你怕我吗？"我只好硬着头皮在他身边坐下，假装若无其事。交谈之时，发现他挺念同学情谊，还一个一个地念叨起小学同学，言语上表现出对同学的侠肝义胆。他口口声声地对我说，他已经不打架了，如果以后有什么需要帮忙的，他会出来帮我。瞧他这话说的，我心里想，我要是让别人欺负了，难不成还要让你出面替我打架，那我不是让你重操旧业了吗？但我是个单纯的人，十分相信他说的每一句话，甚至开始后悔小学时跟他打架的行为。那时候，我也经常被他欺负和挑衅，但我性子极烈，忍无可忍的时候，便先出手打他，我用暴力告诉他，女孩子也不是好欺负的。我曾经用过铁笔盒歇斯底里地往他身上砸，砸到笔盒都凹陷了下去。而他却是不轻不重地擂我一两拳，我想当时他看我是女孩子，不忍心下手吧，但我还是不愿意原谅他，继续往他身上拼命地砸。最后，终于砸到没力气，他还是极好笑地与我对打着，仿佛不是在打人，而是在跟一个歇斯底里的女孩子周旋。最终我是打不过他的，于是就哭着鼻子去老师那儿告状，说他打人。我是女孩子，学习成绩又好，老师当然是站在我这边的，不由分说找到他，狠狠地用手戳他的头批评他。可他却委屈地说："她比我打得还凶呢，我身上都被她打伤了我都不告状。"说着对我不满地看一眼，仿佛在说好男不跟女斗，我太小家子气，太不讲道义了。最终我以"恶人先告状"

的胜利赢得了老师的同情和他的委屈。那时候看着他委屈简直是一大快事。后来，他也极少敢来欺负我了，但依然找别的男同学，今天小战，明天大战，仿佛他的生命里，打架才是最有意义的。

第二次见他的时候，是在医院，他的手臂上、耳朵上扎着绷带，绷带上还渗出隐约可见的血迹，看见我时仍是笑着，仿佛是打了胜仗的勇士，一脸的英勇与自豪。他在挂号处等候就诊，旁边还陪着妻子，妻子怀里还抱着几个月大的孩子。他依然热情地跟我打招呼。我说："你又打架了？"他嘿嘿地笑笑说："没办法，兄弟被人欺负，我不能不管。"看着纱布上渗出的血和青肿的脸，我寒暄几句赶紧走开了。我想，都当父亲了，还这样，这家伙是没救了的。那次成了我们今生的最后一次见面，不久之后，便听到了他被人捅死的消息。

我当然也没有去参加他的葬礼，只是在街上正好碰上他的棺木经过，陪他走过人间最后这段路。

军的棺木比普通过世老人的棺木要小一些，这预示着过世者的年龄较年轻，不能与过半百后的老人用同一规格的棺木。而孩童的棺木则更小，但我没有见过，也不忍见。

军早早走了，不知下辈子，他会不会重操旧业，或是懂得改性，做个风平浪静的普通人。他的人生如此短暂，就像那副载着他的棺材，比别人短了一截。

五

富江河以西，有一座建于明朝的古城，以前的古明城正是富川老县城所在地，由四边高大的护城墙将整个城围在里面。

　　明清时期，这里曾是一个商贾云集、喧嚣繁华的城。在护城河的对面，还保留着一条老街，这条老街在新中国成立初期到改革开放之前，都是县里的经济繁华区。这条街上的棺材铺已经有百来年了，它早已成为老街的一部分，老街上的人似乎习以为常，并不觉得突兀或者别的。

　　古城里有许多老字号店铺，包括这个棺材铺。棺材铺的老汪师傅正吹着口哨，用斧头在木头上反复刨着，刨出零星的木屑。那木屑就像一张张轻薄的皮，微微地卷曲着，稍一碰，就像花瓣一样轻轻地掉落在了地上。

　　这一幕仿佛是轻松愉快的，没有电影电视中那些阴森惊悚的画面，而棺材米白色的木料，被斜射进棺材铺的阳光照射着，透射出一股淡淡的暖色。棺材在卖出去之前是淡黄色木板块，横的竖的陈放在棺材铺里，也有制成成品的棺材躺在角落，似乎也不觉得有多可怕，但老实说，看到一具具已经成型的被漆成黑色的棺材，心里还是有点沉重。

　　老汪师傅问我："来买棺材吗？"

　　我说："不是，我随便看看。"说这话的时候，我的玫红底色的碎花裙子在风中飘了飘，这格调，想来与棺材铺的肃穆死寂是格格不入的。棺材铺外走过一些街坊，他们都停下来看了看我。老汪师傅的老花眼镜耷拉在鼻尖上，眼睛绕过框架不解地打量着我。也许在他大半辈子的棺材生意中，没见过不为买棺材而无所事事走进棺材铺"随便看看"的年轻女子。他审视我的目光，直觉上让我感到，他开始以为我是个脑子有问题的人了。但几秒的观察，又让他感觉不像。我的眼睛里充满了平和与淡定，这更让他觉得奇怪了。

　　他停下手中的刨具，问我："棺材有什么好看的？人家看着都躲得远远的，你倒好，还要看个明白，没见过你这么大胆的女人。"我心里想，我是个看着棺材长大的人，怕什么呢，棺材是个好东西，对于去世的人，是一所温暖的房子，一列温暖的火车。

老汪师傅拉家常似的告诉我，有一次，天差不多黑了，他打完一口棺材，累得不行，就顺势躺进了棺材里休息一下，结果躺着躺着就在棺材里睡着了。后来有人来买棺材呼他的名字时，他才昏昏沉沉地从棺材里坐起，差点把来买棺材的人吓死。

他一边轻描淡写地说着，一边自顾自地又忙了起来。

我问老汪师傅有没有给自己做棺材的。刚问出口就后悔了，这问题怎么能问呢，人家还好好的，问这个，怕要被人责怪了。但老汪师傅神色淡然，指着墙角一副漆好了的棺木对我说："喏。"我顺着他的手望去，发现那副棺材与其他棺材没有什么两样。我问为什么不给自己打一副特别好的棺材。老汪师傅说："咱们普通人，受用不起高级棺木的。在人世是普通人，用再好的棺木，去了那边，也还是普通人。"

说到自己的死，老汪师傅脸上只有淡定与从容，仿佛去哪里，早已是命中注定。"那么，你到底来这里看什么？"老汪师傅又问了我一次。

我说："来看未来的房子。"

第三辑

跟着溪水下山

冬眠的树

驾车驶过原野，一抬头，就能看到冬的沉静。

弯弯曲曲的二级公路旁尽是不同颜色的树木，这个季节，依然还有许多绿树茂盛着，像张开的绿伞，扩充着自己依然勃勃生长的欲望。而那些只剩下秃枝的树，也并没有显得萧瑟与黯淡，它们像森林里的动物，沉沉地睡去，留下空旷安静的森林让你随处行走，又像一个人，愿意将它并不辉煌甚至是黯淡的一面呈现在你的眼前，坦露的真诚给人一种身心放松的踏实感。

我不免有些担心那些一成不变的绿树，在它们的身上，有着穿越春夏秋后的疲惫与力不从心，绿得有些憔悴，有些倦怠。那些看上去依然繁茂的绿中带些萎黄，像冬夜里站岗放哨的士兵，熬了一宿之后，还要强打精神去迎接清晨的操练。

这样的绿让我莫名地不安。

我去一个偏远的小镇看望阿樱。阿樱是我高中时期的好友，农村女孩子，人善良质朴。这些年，因工作关系，我们只能偶尔见面。她在乡镇当老师，没有野心也没有欲望，日子过得很平淡。她偶尔会从乡下给我捎些土鸡蛋和蜂蜜，或者将自己从山上摘回的竹笋拿到县城给我，但每次都是匆匆忙忙地赶着回去，仿佛总有放不下的事。因为她工作的小镇偏远，我只去过一次。她在自家的小院后种了几垄蔬菜，养了几只鸡。那年春天，我们在她家吃到了土鸡和新鲜的无公害蔬菜，味道特别地道，那淳朴的清香至今让我回味犹深。她这种半田园似的生活，曾让我们羡慕不已。

阿樱怀了六个月的孩子流产了，从保胎到做引产手术，在医院经历了一个多月的折磨，孩子最终还是没能保住。从孕育的喜悦到失子的苦痛，大喜大悲，身心俱疲，对于女人而言，没有任何一种痛可与之相比。见到阿樱的时候，她已经出院半个月，但脸色依然苍白蜡黄，看上去让人担忧。我试着问她孩子保不住的原因，她只是淡淡地说："可能是工作太累了。"便避开了话题。阿樱的老公却马上凑上来对我说："她就是太累了才折腾成这样的！"话语中带着责备和心疼之意。我看着阿樱，阿樱愧疚地别开脸不说话，场面有些尴尬。

阿樱家里朴素简单的家具就像她的人一样，我们坐在桌子边淡淡地聊着。我从阿樱老公的口中了解到，阿樱所在的学校偏僻，老师少，阿樱同时担任了好几个班的教学工作，还兼任班主任和学校中层领导。孩子们都来自方圆几里的村寨，上学路途远。阿樱经常担心孩子们在路上出事，因此上完课，一闲下来就去做家访，了解孩子们的家庭状况，嘱咐孩子们注意安全。肚子里的孩子就是去做家访回来的路上摔了一跤才没保住的。原来是这个缘由，我正准备责怪阿樱的不小心，但看到她眼角渗出的泪水，把想要责备的话又吞了回去。

阿樱带我到后园看她种的菜。小菜园子很丰富，园子周围种了几棵蜜橘树和桂花树，它们排在墙边将一小片蔬菜地轻轻地围拢。几畦大蒜、辣椒、白菜、萝卜、芫荽像红绿相间的补丁打在浅棕的土地上，别有生趣。在垄间，还分散地种着一些葱花和枸杞菜，小园里绿意盎然，像是一小撮春天被时间遗忘在了这里。我赞扬着阿樱的心灵手巧，阿樱则忙着弯下腰身为我摘菜，让我带回县城去。

我在菜园子里走来走去时，脚不小心碰到了一株植物，它的花叶已经全部掉落，枯枝横斜，与小园的生机格格不入。我不知道那是什么，问阿樱，阿樱笑我说："这是桃花呀，你整天待在办公室里，两耳不闻窗外事，连桃花都不认识。"我说："要是这时候桃花开了该多好，你的园子就漂亮了。"阿樱嗔怪着说："你还不知道桃花只有在春天开的呀，哪有花能开过四季的呀。"我笑笑："你知道就好，连花都要休息，何况人呢。"阿樱默默地望着我，她知道这是我善意的陷阱。

回到阿樱家，阿樱老公已经煮了一锅鲜香的鸡肉等着我们，脸上愠色早已换作宽厚的笑。喝着鲜美的鸡汤，我和阿樱聊起高三时逃课去河边看钓鱼的往事。那时候，备考复习昏天黑地，我们被堆得山一样高的复习题压得喘不过气来。我和阿樱不堪重负，在某天下午的最后一节课偷偷跑去河边看钓鱼，散心，一去就是半天。回来后上晚自习迟到，被老师捉住。意外的是，老师没有批评我们，而是慈祥地说："女孩子离开学校一定要有人知道，要注意安全。"老师的不责罚让我们感到奇怪，因为他一直是严厉而苛刻的。许多年了，阿樱多次问我："你说，老师对别人责罚那么重，为什么当时没有责怪我们俩呢？"我说："或许是老师真能理解我们复习的辛苦吧，整天一根弦紧绷着，偶尔放松一下也是可以理解的。""哦。"阿樱仿佛又意识到了我话中的陷阱，眼里对我狠狠地嗔了一下。

"事实证明，"阿樱的老公插了一句，"偶尔逃课的学生，依然还是考得上大学的嘛。"说完笑着看看我们两个。三人哈哈笑起来。这时我看见一些粉色从阿樱苍白的脸上透了出来，十分美丽。这一刻竟让我想起了"嘴不点而含丹，眉不画而横翠"的诗句。但那一点红润，轻易地就胜过了所有关于美的描摹。阿樱柔柔地看着我和她老公，小心翼翼地问道："以后，我要学会偷懒了?"我和她老公对视了一下，没有回答，或者是真不知道怎么回答。张弛有度的人生道理其实谁都懂，但在强烈的责任心与道德的驱使下，许多人会把松弛归结为一种懒惰与罪过，阿樱就是这一类。我们有什么理由去谴责和阻止这高尚付出? 在繁重的责任与安逸的健康之间，倾斜于任何一边，都面临着善良内心的不安与谴责。我只好说了一句："顺其自然吧。"

阿樱也低下头来继续吃饭，不再说话。

回来的路上，我又一次经过那些树，绿的，红的，灰的，它们像性格不同的人，站在岁月的途中，或面对，或背对，挺立着的，躬下身的，它们用沉默的肢体向我暗示，生命无须解释，每一种颜色都是真实的呈现和生命的需要。在荣枯不定的季节里，那些绿的，就让它绿吧，正是它们用疲惫的颜色，才吐纳出这片原野最深的呼吸。

原载 2014 年《南方文学》第 2—3 期

璞 玉

一

阿瑜从她的包里拿出一个精致的方形绸缎盒，打开，一款白底飘着淡紫的玉镯覆着一道光环，从盒里晶莹地呈现出来。"把它戴上。"阿瑜说。说着把手镯套进了我的左手。这是阿瑜几年前从广州打工回来，送给我的礼物。

更多年以前，我曾去阿瑜打工的城市找过她，二人一起外出旅游。在大巴上，看到随行的导游小姐手上戴着一款墨绿色的宽边手镯，随即被深深地吸引。那款手镯妥帖环绕在她白皙圆润的手上，透着油润的光，仿佛深得主人涵养。但那光却不似别的玉那般明透与张扬，那是暗淡的光，一种缓慢地发出的力量，内敛从容。那种力量让我想到了"静水流深"这个词，而那种颜色变成了一种气场，深深地吸引了我。或者这样一种绿早已存在于我的意念之中，只是借手镯勾了出来。例如，每次驱车行驶在乡村道路上，吸引我的总是那无边无际的绿。但让我眼光逗留最多的，仍然是在各种绿后面，稳稳站立的墨绿。它成为各种绿的底色，在蓝天之下，默默地衬托着鹅黄、嫩绿、浅绿、翠绿、油绿，即便是隆冬到来，许多颜色褪去，那眼墨绿仍坚守在南方巨大的山屏上。

我跟阿瑜说："等我有钱了，我也买一款玉戴在手上。"然而说归说，却几乎没有想过付诸行动，那时工资微薄，囊中羞涩，谁会舍得花一笔巨款去买一款可有可无的装饰品呢，再加上自己素来风风火火，鲜有婉约之风，虽然想有玉石傍身，但仍觉得内敛温柔的玉与自己的个性完全不符。就像每个女孩子内心或多或少都拥有一个童话梦，期待心目中的王子骑白马而来，手托一枚珍贵的钻石戒指，单膝跪地，跟你说："嫁给我吧。"但那也只是想想，不是每个人都能当上大家闺秀遇上有钱人，一般家庭的人，不能奢望的东西，就只会说说，一闪念就过去了。

但阿瑜一直把这句话挂在心上，她还是帮我买了。因为我的姓氏，她选择了紫罗兰。我知道紫罗兰价格不菲，就算是普通的质地，也得好几千。如此贵重的礼物，让我受宠若惊。阿瑜去广州打工十多年，虽然我知道她已经混到了企业的高管，但她的每分钱都来之不易，还要经常资助家里，我不能希望她在一个还不懂玉的人身上大把地挥霍自己的血汗钱。但她说："我知道你想当作家，作家就是一块好玉，你值得拥有一块好玉。"

我的心里羞愧难当。那几年，我也就是在报刊上发表了一些豆腐块，初出茅庐，远远算不上一位作家。但阿瑜一直支持我，鼓励我，并且总是在她的朋友面前毫无节制地炫耀她有一位作家闺密。

现在，那缕高贵的紫气环绕在我的手上，我感觉沉甸甸的，有些无所适从。哪儿不对，又说不出来。手上平添了这么个物什，身体好像被什么套住了。我感到一阵莫名的僵直，像孙悟空戴上了金箍，还像哪吒戴上了金项圈。我想推辞，把玉还给阿瑜，但这更不对——那是阿瑜的一番心意，她为了这块玉已经有目的地为我物色了好几年。我只好戴上，那玉冰凉冰凉地沁着我，像在给我某种提醒，在我瘦弱的手臂上发出让我觉得陌生的光。

上天与我开了一个很大的玩笑，戴上这款玉的晚上，洗澡的时候，脚一滑，手条件反射地去扶住了墙，我是安然无恙了，但扶墙的时候镯子却猛烈地打在墙上，瞬间碎成数截。

一款价格不菲的玉到了我手上，就只有几个小时的命运。我当时被这个意外吓呆了，我不知道该如何形容我的粗鄙，我也不知道如何向阿瑜解释我的冒失与窘迫。

第二天，阿瑜见到我，发现手上的玉不见了，问我怎么把玉镯给摘了？我像个犯了罪的人低头告诉了她实情。谁知道阿瑜没有怪我，她的大眼睛一眨，一眼看透我的聪慧在脸上洋溢，坦然一笑说：“好事。”

我惊奇地看着她：“好事？”

“别心疼，这块玉替你挡了一灾，没有什么比生命更重要的事，它碎得值，我们要感谢它。”她说。

我惊讶地看着阿瑜，没有想到，打碎这么贵重的一只玉镯，不但没有被责怪，还有这么一番让人心安理得的说辞，这要么是一种高超的安慰手段，要么是她对玉的信仰十分地笃定。我在那一刻第一次感觉到自己的生命高贵而不受侵犯，在阿瑜心里，我比一块玉要宝贝，而那块玉，只不过是来保护我生命健康的一块石头。

<h1 style="text-align:center">二</h1>

二十世纪九十年代末，在迅猛兴起的“下海”风里，许多人像渴水的鱼，游向了那片传说中富裕的海。阿瑜也是在这个时候，不

顾家人反对，毅然辞去了那份在她看来毫无前途的国企工作，只身到了广东。

在此之前，我们都还没有用上电脑，书信公文还停留在手写阶段，阿瑜却不知从哪里买了一台最简单的 286，下班后，她不跟朋友出去玩，也不急着恋爱约会，一个人在家自学电脑，疯狂地在键盘上练习打字。等她练到每分钟一百多字的速度，又学会了文档的基本操作之后，她向那片浩瀚的大海投去一份简历。果然，那份简历像颗小石子，在水面上激起了一小朵浪花，她很快被广东某家公司录取了。那一年，我准备大学毕业，还在大学的校园里傻傻地谈恋爱，无心向学。

阿瑜就这么一收拾行李就走了。像一条鱼扎进了大海里，如鱼得水这样的词用在她的身上再贴切不过，我甚至几次做梦，都梦见阿瑜笑着对我说，我就像只鱼儿，在这里畅游，过着自己想过的生活。但我也知道，阿瑜不喜欢谈自己的悲伤，她总是喜欢与别人分享她的成功与快乐。其实阿瑜在广东做过文员、话务员、推销员，最多的是文员。那些年她换过多少工作，经历过多少挫折，她基本上都没有跟我提过，每年，阿瑜从广东回来，会给我买些礼物，她对朋友亲戚总是出手大方。那时候，我以为外面的钱挺容易赚的。

毕业后，我依然回到自己的小县城完成一个草根女孩并不高远的人生。与阿瑜相反，我是一个对世界缺少感应不敢闯荡的人，一心想守着一份旱涝保收的工作，与男友结婚然后过平淡的小日子。但我的事业是从一场失恋开始的。大学一毕业，男友便与我分手。那段日子，失恋的痛楚让我整日沉浸在悲伤中难以自拔。而我的第一份工作——图书管理员，这份在我看来清闲又死气沉沉的工作，并没有让我从失恋的痛苦中挣扎出来，反而一天比一天抑郁，我终日沉迷在痛苦的深渊里。在这段日子里，阿瑜会经常在 QQ 里跟我聊天，提议让我多看书提升自己，或者再考一个文凭。她甚至建议我也把工作辞了，跟她一起到广东打拼，以此脱离死水一潭的生活。但我始终没有勇气像她那样，说离开就离开。

为了让她不再劝我"下海"，我只好把话题转向她，问她有没有男朋友，公司效益好不好。每次她总是说，外面的大城市确实很精彩，但打工女孩的处境也很尴尬，在外面成家也不容易，本地人看不上打工的女孩，而打工的女孩一样很现实，她们看不上收入比自己低的男人，所以在广州，很多女孩子高不成低不就，剩女很多，这当然也包括她。

阿瑜不算是个漂亮的女孩，人群中不会一眼就看到她，但她有匀称的身材，一双温柔的大眼睛看上去善解人意，闪烁着聪慧的气质。我始终相信，以阿瑜这样好的条件，是不愁找不到好对象的。就像她说的，一块玉，要遇到识玉的人，才会有好的归宿。阿瑜就是一块玉，她迟早会被慧眼识得，只是缘分未到。

境遇就是这样，把两个不同的人分到了不同的河流，一条充沛湍急，一条缓慢停滞。如若我们都是河边一颗普通的玉石，那一定是被湍急流水打磨的那块更容易磨出玉质。

有好几年，阿瑜都没有回来，问她怎么没回，她总是推说工作忙。我开始觉得不对劲，这不像她的性格。我说到广州去看她，她却赶紧说你不要来，我不方便见你。她这样慌张，更坚定了我认为她身上发生了什么事的猜想。

最后阿瑜终于受不了我的追问，断断续续地告诉我，她患上了乙肝。

我才知道在那个拥挤的大都市，有许多的繁华，有许多的机遇，也有着许多看不到的病毒。阿瑜从事过许多工作，不知道是哪一个环节让她染上了这种尴尬的病。因为这个病，阿瑜成为极度自卑的人，她像一个带着瘟疫的人，自觉地躲避着人群，多数时间把自己留在出租房里，要么深居简出。她在公司里，也尽量少接触同事，自用碗筷杯子，把自己严格地与外界分隔开来。

阿瑜在这段时间遭遇了太多的人情冷暖，那段日子，一些经常来往的朋友，也都因为她的病而疏远了她（或者是阿瑜自己主动疏远了别人）。那年，她正与厂里的一个男生恋爱，却还是被抛弃了。阿瑜不敢告诉家里人她得病的事，一个人在外面挣钱，自己悄悄地治病。幸运的是这个病在当下并不算难治，况且是在医疗技术先进的大城市。阿瑜的病情在两年多后得到了控制，人的身体和精神面貌也慢慢地恢复过来，自信也慢慢地复苏。等我们知道她的病被控制好了的时候，她已经过了最佳的择偶年龄，成了一个大龄青年。

我无法想象阿瑜那段黑暗的日子是怎么过来的。那些因病食之无味的日子，她带一张蜡黄的脸和渐渐消瘦的身体，独自一人面对择业与爱情的多重障碍，面对别人的置疑、逃避和嫌弃，一定流了很多的泪，而这样的泪她一滴也没有告诉我。等我再次见到面色红润的她时，她已是一脸的风轻云淡，仿佛什么事也没有发生过。

三

我也把自己熬成了一位大龄青年。初恋的失败，让我惧怕爱，惧怕再受伤。而我的事业也并不顺利，我是一个不善于规划前程的人，以至于我把自己的事业熬成了山路十八弯那么曲折与艰辛。

一份工作，如果不适合，那就考虑再换另一份工作。但在体制内，要换工作何其不易，于是，这世间便产生了一个词：借调。借调这样一种工作形式或用人机制，在当时十分风行。把一个有意向去某部门的人先借去用一段时间，试用一段时间后看其合不合适，再把他（她）调进本部门。借调这种形式，满足了一些部门急需人才的愿望，也满足了一些人想要离开原单位去新单位发展的愿望。

我在这样的方式里虚度了许多年。在刚参加工作的那几年，我都处在借调的状态中。最后因为单位领导频繁地换来换去，再加上机构改革，人员合并，我始终没有实现去新单位的愿望，成了"进一步没资格，退一步舍不得"的边缘人。既不能进入新单位，又耽误了在原单位评职称，评优秀，整日像浮萍一样漂来漂去，没有归属感，更没有成就感。我在进退两难的尴尬与自我营造的希望中蹉跎了好几年，最终一事无成。最后，我又回到了原单位，那个死气沉沉的图书馆。

我只好逼着自己干些什么，于是开始看点书，间或写点什么来打发时间，或倾泻一下内心的苦闷。但只是打发时间，我并没有打算要成为中国的博尔赫斯。但这也许是我从事文学创作之路的开始。之后的十多年时间，我换了几个单位，在此期间完成了结婚、生子的人生大事，事业根基终于在悬之又悬的动荡中渐渐趋于安稳。

而我对于生活的抱怨和抑郁并没有减少，人生中不如意之事常常在生活的每个角落或间隙跳出来，让心情波澜起伏。我只好继续靠着一点文字来不停地寻找精神的慰藉。却没有想到，文学之路停停走走竟也收获了一些小成绩，无心插柳，却种成了一两棵在风里摇曳生姿的柳树，生活让你百转千回的同时，突然又会给你柳暗花明一下，让你重获了一点热情和信心，时而心灰意冷，时而踌躇满志。等我回头时，人生最好的青春时光已经倏然走远。一些创伤在渐渐愈合，一些创伤继续疼痛地划开。

四

阿瑜四十岁那年，一个冬天，快要过年的时候，突然领回家一位比她年龄稍长的"张先生"。阿瑜说，她已与张先生登记结了婚，现在回来见双方的父母。大家喜出望外，一个老大难问题终于解决，阿瑜终于结束了她的大龄单身生活。

一年多后，阿瑜临产。阿瑜说她是高龄产妇，想让我去那边陪她，我很乐意地去了。

但在月子中心，张先生一直没有出现。我觉得不对，追问阿瑜是怎么回事，为什么夫家没一个人出现在这样一个重要的场合。阿瑜一开始说夫家人在外地，一会儿说丈夫是做生意的，没有空。可我明明看见她的眼神闪烁不定，她的话语漏洞百出。

阿瑜终于说出了实情，原来那位张先生只是想利用阿瑜为他生个男孩子，只要阿瑜为他生一个男孩，继承家产，他便与前任离婚，与阿瑜结婚。可是阿瑜知道这一切的时候已经晚了，阿瑜爱上了他，并且孩子即将出生。阿瑜在无奈之下，只好选择侥幸，寄希望于肚里的孩子是个男孩。但后来知道是个女孩后，"张先生"就扔下一笔抚养费，弃阿瑜与女儿而去。

我像听电视剧中的剧情一样听完了阿瑜的这场经历，又一次被这突如其来的消息所惊呆。这繁华的大都市，怎么总是上演这样的戏剧呀，我不知道如何是好，也不知道如何去安慰阿瑜。阿瑜的母亲又是哭又是怨，以她的阅历，都无法理解人间这么曲折的爱情，而这样的曲折却一次一次地发生在阿瑜身上。

我问阿瑜，为什么知道他是这样的人，还要把这个孩子生下来？阿瑜苦苦一笑，说："孩子是无辜的，不是吗？我是很后悔爱上这样的人，但等到我发现的时候，已经来不及了。我只有孤注一掷赌一把，赢了，就有了家和孩子，输了，我至少也有了自己的孩子，总比一直单身没有孩子的好，不是吗？"阿瑜的眼泪终于流了下来，她这次终于无法做到风轻云淡。也许她一直都没有风轻云淡，只是我们身各一方，没有看到对方在痛苦的时候擦拭眼泪而已。但我接受了阿瑜的观点和做法。

生出来的婴儿果然是个女儿。长得可爱又精致，像一颗圆润的小玉石，阿瑜一脸的激动和幸福，她看着孩子流泪，那泪里，有悲伤也有喜悦。

孩子出生后，阿瑜一个人带着孩子在外面打拼。之后的每年过年，只有阿瑜带着保姆、孩子一起回广西。每每邻居和亲戚问为什么总不见孩子的父亲一起回来时，阿瑜总是闪烁其词，替自己失败的恋情闪躲。再过两年，阿瑜干脆直接说与孩子的父亲离了婚，这样左邻右舍亲戚朋友也不再问了。我曾经问过阿瑜几次，要不要找回孩子的父亲，组成一个完整的家？但阿瑜总是坚定地摇摇头，说，这样的婚姻，不要也罢。从此阿瑜的"老公"再也没有被人提起。

虽然是单亲妈妈，但阿瑜在教育孩子问题上毫不含糊，努力地给孩子上最好的幼儿园，给她最好的教育。而阿瑜也渐渐因为孩子的长大，似喜带伤的面容上也玉润起来，就像她手上戴的那个白色玉镯子，越来越通透。

阿瑜说我是一块好玉，而我觉得她才是那块越磨越圆润的玉，在风浪里独自经历淘洗打磨，越来越光滑，越来越圆润。

五

我仍然在这个小县城浑浑噩噩地活着，上班下班，几十年如一日，耗着，磨着，经历着，无奈着，适应着。一眨眼人已至中年。中年了，我仍然说不出自己喜欢什么事业，对从事的工作一直有着不同程度的排斥，一个人，始终难与这个世界达成和解。

我继续写着一些无关痛痒的文字，去发泄生活中增生的情绪，去填补生活中的精神裂缝，似乎只有这样，生活才得以继续下去。我常常想，如若我真的是一块玉，那定是一块质地不够通透，发不出圆润光泽的有瑕疵的玉。它对这个世界的接纳是如此迟钝与后知后觉，它内里的分子组合变化是如此缓慢，以至于它反馈给这个世界的光泽是如此稀缺，就像这些写出的文字，并没有润泽到谁，也没有产生多大的影响力。

那块玉打碎后，我一直怀疑，自己并不适合戴玉，又或者，那款玉与我无缘，我还没有遇到适合我的玉。后来，自己挑一只自己喜欢的玉镯，就成了一个愿望。然而几年过去，手上一直空空，我始终没有找到它。

一个不经意的雨天，走在大街上，忽然看到路边有一家不是那么起眼的玉器店，我被自己的第六感击中，觉得应该会发生些什么，便真的走了进去。就在那天，一款墨绿色的玉镯像一个使命环绕上了我的手臂，那么自然，仿佛命中注定。有时候我想，它只是我身体的一部分回到了我的身上而已，我早已想念它若干年。

这是一款墨绿色的油青玉，泛着油润的光，近似于当年我与阿瑜旅游时看到的导游小姐手上的那款。玉器店的老板暗示我，另一款玉的质地更好，更通透。可我偏偏在进店的第一时间，第一眼，就看上了油青。不仅如此，它的大小、款式，也是如此地适合我，就像为我的手量身定做的一样。

"不再试试别的款吗？水头比这个好的有好多款呢。"老板娘是个清秀的女子，白皙的手臂上也戴着一款飘花白玉镯，那透明度和水润度，一看便知是好货。她的话暗示我，这款玉并不是这里最好的，这个尺寸还有更好的货，你戴着也好看。

可我的眼睛就是离不开那款墨绿色的玉。它的质地并不算通透，但那绿，溢出润润的油光，仿佛已经把我带进一个深深的时光隧道——它或者在亿万年前就在慢慢地变化着质地，经过火的淬炼，经过水的冲刷、阳光的照射、地壳的运动，内部的分子在慢慢聚合成翡翠的质地，直到被人发现，被打磨，直到遇见我。

老板娘在我的手上涂上润滑油，这款玉费了一些功夫才戴到我的手上。大小正合适。玉的圆度正好弥补了略扁消瘦的手臂，人玉相融，内心欣喜。

当我遇上这款真正喜欢的玉的时候，人已至中年。这似乎是一种隐喻，仿佛只有在时光流逝了很多年后，才能慢慢寻找到自己想要的事物，每个人都是一块璞玉，身外的那层泥浆要经过许多年的磨洗，才能透出光泽通透的质地。在它等我的这么多年时间里，它既没有被别人选走，也没有在我到来之前陨灭，当它终于在等到了寻它若干年的我，被我戴在手上时，我们赋予了彼此更丰富的生命。我是，阿瑜也是，我们都是。

黄姚或一步之遥

麦子先生

朋友相约去黄姚附近的杨村玩。近来杨村的鱼鳞坝炒得火热。我虽对网红的东西不感冒，也不喜欢扎堆，但想到可以就近再去一次黄姚，也是好的，于是欣然同意前往。

司机是麦子先生。他说到新建的鱼鳞坝就滔滔不绝。姚江流过杨村，在村口造得像鱼鳞一样层叠的坝上，一路流坠下来，形成了白花花的多重微型瀑布，十分好看。而天气渐热，许多的游客就索性脱下鞋，光着脚丫踩到鱼鳞坝上，感受流水从脚下湍急流过的爽畅。然后便是一群人各种摆拍，微信发帖，闹得沸沸扬扬又不亦乐乎。一路上，麦子先生向我们介绍这个景区是如何建成的，杨村现在正在打造什么，将来会打造成什么样子。他对杨村的境况如此熟稔，我问他是不是杨村人，他说他就是承接杨村景区打造工程的生意人。原来如此红火的杨村，出自眼前这位麦子先生的匠心。我们继续聊，最后又发现，我与他竟是同乡，且老家所在的村子只隔数里。人生有时候很奇怪，人与人在没有遇见之前，仿佛相隔千山万水，而一旦相遇，中间的山环水绕便会瞬间轰塌，那些与你毫不相干的人一下与你离得很近，且有着这样那样的关系。

我与麦子先生说：我们之间原来就只有一步之遥哇，愣是这样曲折才认识。麦子先生笑着说：一对柳家老乡，在黄姚相认。

麦子先生告诉我们，他有一个内蒙古来的朋友，在黄姚古镇开了两间民宿，去杨村玩了之后，他会带我们去拜访这位朋友。他的话正合我意。

我心里想着黄姚这个千年古镇还真有魅力，让一个内蒙古人大老远跑过这边来开店，心里生了想要认识这个人的心。

杨村的鱼鳞坝自是人来人往，热闹非凡，跟着麦子先生在村里走了一圈，发现杨村的中心广场正在兴土木，一种艺术的空间"留白"正以某种格局初步显现出来，并让人可以预见它建成后整洁、古朴又不失精致的装饰效果。许多被拆卸下来旧砖旧瓦，被麦子先生就地取材二次利用，巧妙地成为围墙、照壁、花圃这些房子的点缀品。然而正是这恰到好处的点缀，让村庄变得规整洁净、拙朴精致。而当我还沉浸在匠心的别致时，麦子先生又开始筹划村外山头上的梯形花带了。

杨村离黄姚古镇只有十几里路，一脚油门就到了。到黄姚旅游的人，可以多一个选择就近去杨村游玩，而先去了杨村的人，最后也都会去黄姚。相邻的两地，在将来会连成一条旅游线路，彼此带动，相得益彰。

最后我们还是到了黄姚古镇，那个歌里诗里被无数次传唱的古镇。

黄姚我到过许多次，但每次都是走马观花，拍拍照，随即离开。每次穿行在古镇悠长的巷子中时，总有一种感觉在不停地困扰着我——这种感觉是令人抓挠的，就像我一直在它的肌理中，却总是无法到达它的心脏。每次来，总觉得意犹未尽，那些小桥流水、参天古榕、婆娑翠竹、青石板路，它们就像古镇人酿制的豆豉，从时光深处传来悠远的醇香。可是总还有什么，像一层纸，隔阻着我与黄姚之间的距离，它们一直在那层纸的后面，隐隐向我发出声息却又无法真切地看到，是小镇的变迁与沉浮，还是深巷里不为人知的故事？

我与它始终有着一步之遥。

且坐沏茶

小镇的青石板路，像一棵树延伸出了数条枝干，它们向幽深处生长着，长出悠长的街巷，这些街巷串起了三百多幢错落有致、古朴典雅的民居。据说，黄姚古镇有三十九个姓氏，而黄姚，被这些姓氏的繁衍生息串起了一部属于它自己的发展史。

麦姓也许是古镇中的一个不起眼的姓氏。到了古镇，麦子先生先带我们去了他的一位朋友家——也是麦老板。麦老板热情地接待了我们。聊天中得知，麦老板与麦子先生不仅是同姓，也是生意上的好伙伴，他们在黄姚这块土地上互助互持已有多年。

在黄姚，店铺林立，旧式的房子做商业用了。全镇的人都开始做生意，古镇原有的地理环境优势加上商业的源源注入，让黄姚充满了古朴又现代的商业旅游气息。而其中也不乏像麦老板这样的生意人，长期为镇上的人提供各种建材设备，黄姚土木建设中，他们是真正添砖加瓦的人。

麦老板拿出上好的茶具给我们泡茶。得知我们从邻县来，便提到了他在富川的一位好友。然而不提不知道，这位好友，竟是我们随行一位朋友的亲戚。这太巧了。关系一下拉近了许多，简直可以说是远亲相认了。

记得有一位朋友跟我说过一个怪论：就是随便提及一个与你毫不相干的名人的名字，你们之间的关系不会超过五个人就能联系起来。我不信，记得当时我提到了郭敬明。而这位朋友只提了三个朋友的名字与转折关系，便把自己与郭的关系瞬间拉近。想到以前在与朋友聚会说到某个陌生人时，总会有其中一位朋友说，这人是谁的谁，而他提及的中间人，都是大家熟悉的。这真是太奇妙了。这世间人与人之间的相互关联是如此遥不可及又可以近在咫尺，也许今天与你反目成仇的人，明天你会发现他其实是你的远亲，今天与你冷漠相视的人，也许他是你挚友的胞弟。这个发现似乎在告诉人们一个道理，和谐相处，否则你极有可能伤害到的是与自己有着亲密关系的人。

黄姚人是具备和气生财的从商智慧的，因此他们对谁都友善，就像对自己的朋友与家人一样。麦老板一次次为我们续上茶，与我们娓娓说着古镇里的人和事，那些事情有茶的质地，一丝丝地滑入我们的身体里……

八戒与悟空

走过几条光润干净的石板路、门楼回廊，走过琳琅满目的饰品店、特产铺，穿过有着时光质地的咖啡馆、酒吧，穿过稀少或熙攘的人群，我们去寻找内蒙古人的店铺。

近千年的时光从厚重的墙上一次次漫过，葱绿的藤类植物从时光的缝隙中长了出来，有的开出了锦簇的花，在阳光下妩媚动人。

绿植与旧墙相映衬，是我最喜欢的景致。每次来，我都会流连于那些爬满叶藤的房子，它们看上去，总比没有植物的房子来得更温暖。麦子先生带我们来到一家叫"八戒与悟空"的旅店——那个在我在脑海里设想了几轮的内蒙古大汉开的店。

迎接我们的是店主夫人，一位清秀俊美的女子，白皙的肌肤，端庄的五官，说话带着温柔的知性。我们说明来意，老板娘请我们坐下，沏茶，慢声细语地跟我们聊天。

老板娘是广州人，他的老公，也就是那位内蒙古人，正在房间里睡午觉。但我们决定不打扰他。男主人中午去朋友家小酌，残酒未醒，回来便可以慵懒地一觉睡到下午，然后再不紧不慢地起床招揽客人。在黄姚古镇，每天游客流量不少，他们在古镇里守着一个店面，并不担心客流量，因此生意哪怕并不刻意地去经营，也不会太差。在做了五六年生意之后，他们早已对民宿轻车熟路，不慌不忙。

店主夫妻二人相识于广州，之前同在一家银行工作。据说工作节奏非常快，压力巨大。他们在繁忙的都市牢笼中，不止一次地向往着木心诗里那种"从前车马很慢"的休闲生活。偶然一次，夫妻二人到黄姚度假，见峰丛之下的小桥流水，曲径通幽的青石小巷，古色古香的水上楼阁，高低错落的粉墙黛瓦……他们被这个绝好的江南小镇深深吸引，于是毅然辞去了在广州的工作，来到了黄姚，投资开店，店一开就是五六年。这五六年时间，夫妻二人发展了另一家店，就是"一步之姚"。"一步之姚"离"八戒与悟空"只有几十米之隔，算起来，也还真是"一步之遥"。

老板娘说："以前觉得那种悠闲的慢生活对我们来说遥不可及，甚至是无法想象的，可是当你真正下定决心放下一切，不顾一切地去追求的时候，你会发现，其实你离你想要的生活很近，甚至就是一步之遥。"想来店名"一步之姚"便是取名于这个成语吧，只是把"遥"字巧妙地改成了"姚"。

我问老板娘："店名为什么叫'八戒与悟空'呢?"她笑笑说："店名来自那副很著名的对联'鸟在笼中恨关羽不能张飞，人处世上八戒还需悟空'。"鸟儿被人关在笼子里，恨自己不能尽情地展翅高飞，人处在这世界上，要戒除许多欲望，才能领会人生的真谛与要义。联想老板娘说的话，觉得这副对联真是他们经历的生动诠释。这对夫妻是有智慧的，他们放弃了喧嚣的都市，放弃了名利前程，最后选择在这个小镇过上了慢生活，清晨听着姚江水的声音醒来，黄昏看着斜阳从青石路上渐渐撤去，豆豉与茶香在日子里慢慢发酵，门前自种的花又开了几朵……

这世间，有些人能过上幸福的生活，那是因为他们知道自己需要什么并勇敢地迈出了脚步。

缘泉居的故事

缘泉居在仙人古井旁，从缘泉居东面的木花窗望出去，能看到整个仙人古井被分成五个部分。游人们站在井边的石板上，双手掬起一捧水，然后赞叹着井水的清凉。也有女子穿着旗袍在婀娜地拍照，玲珑的身姿十分养眼。临水而筑的竹楼香阁，不招摇，不繁闹，有一些古旧，一些冷清。

我们在缘泉居里喝茶，店主依然姓麦，年轻英俊的相貌之下，也是一脸的风轻云淡。在他安静的茶楼里，我看着他用木勺舀茶，以沸水浸泡，浇于茶盏，热气像青烟绕指，茶端于眼前，细香沁

怀。好茶遇到灵秀之水才会散发香醇之气。我对这种悠闲的场景总
有一种道不明的喜欢。把盏，轻啜，茶未沾唇已经芳香四溢。小麦
老板气定神闲，看得我有些入迷。或者在古镇这样的环境中，人的
气质是会慢慢受到影响的，生活不疾不徐，日子不快不慢，如眼前
的古井，泉水不紧不慢地上涌，既不会溢出，也不会枯竭，那种细
水长流的节奏，让人觉得更有质感，更长久。

　　小麦老板对上门的游客都这样以礼相待。他的旅店前厅经常不
关门，如果柜台没有人，旅客们可以从柜台拿钥匙自己上楼开房，
走的时候，微信支付好房费，把钥匙自动挂好就行。他说，要让旅
客在这里有随意的感觉，就像在家里一样。这样的经营理念让我为
之一震。店主与旅客之间的这种信任，是建立在什么基础上的呢?

　　小麦老板还给我们说了一个故事：前年他的店里来了一位六十
多岁的老者，老者带了一把二胡，说是要在黄姚长住。每天早晨，
小麦都能听到这位老先生对着仙人古井拉曲子，有时候是很欢快的
《赛马》，有时候是很悲凉的《二泉映月》。老先生白日里在古镇里
走走玩玩，回来也会跟小麦说说话，下象棋，与小麦的关系甚是
亲密。

　　在这里住了二十多天，走的时候老人跟小麦说，小麦长得跟他
死去的儿子很像。

　　老人走后一段时间，小麦还偶尔跟老人有微信来往。之后消息
越来越少。直到有一天，小麦看到老人在微信里留下的一句话：
"在黄姚度过了生命的最后一程，死而无憾了。"小麦才知道，老人
早已身患重疾，时日不多，他在黄姚度过了人生的最后一段旅程，
而小麦，就像他的儿子一样，给予老人生前最后的亲情。之后，小
麦再也没有收到老人的信息。他知道，他们已经是两个世界的人。

说完这个故事，小麦眼睛湿润，他掩饰着低头啜了一口茶，然后转头看向窗外。窗下，仙人古井像往常一样清澈安静，一切仿佛都没有变，一切仿佛全都变了。

麦老板的晚餐

在黄姚古镇逛到傍晚的时候，我们正准备返程，麦老板发来短信：他已经准备好晚餐，请我们去他家吃了晚餐再回。这话让我们感到无比心暖。盛情难却，我们沿原路回到了麦老板家。丰盛的晚餐已经摆在桌上，一大盆精心熬煮的螺蛳煲鸡，外加几个精致的家常炒菜，轻易地就撩动了我们的食欲。更让我们意外的是，麦老板得知我们寻"蒙古大汉"未遇，特地把他从店中招来，与我们一起晚餐，包括刚认识的小麦老板。整整一桌的朋友，都是刚认识的。缘分是多么奇妙，因为认识了麦子先生，一日的黄姚之行变得如此有趣温暖。

"蒙古大汉"并没有想象中的那么粗犷，相反脸上倒是多了几分知识分子的气质。而他所说的经历比他和夫人的经历更辽远。

在呼伦贝尔大草原，冬天的雪可以从当年的九月持续到次年的五月，白雪皑皑的景致占据了他生命的绝大部分，从小都在这样恶劣的气候下长大，他对这样的气候已经厌恶至极。从小父辈们就不停地教育他，能离开这里就离开这里。于是后来他考上大学，来到了广州，再后来，结识了现在的夫人，来到了黄姚，在黄姚一待就是六年。

我介绍随行的一位朋友是电视台主播，另一位朋友也是语言界的翘楚时，内蒙古人说到了央视一名家喻户晓的主持人。说这位主持人与他是老乡，同住一个地方，很近。他这话并不是在炫耀自己，只是随话题自然延伸。但他这样一说，突然觉得那位名人与我们之间的距离也近了十万八千里。也正如之前所说的，其实，如果探寻起来，许多人与我们只是一步之遥。

那晚，几位新认识的黄姚朋友对我们十分热情，频频敬酒，感觉如亲人一般。这一次，我终于觉得，来黄姚的感觉与以往有些不同了。

由钱兴想到的

我常常看到，在黄姚古镇，情侣们成双成对地出现在姚江边、咖啡馆、巷子里，他们手牵着手，幸福的模样给黄姚的美增添了许多浪漫的气息。在和平年代，一场爱情要获得美好的结局，永远易于在如火如荼的革命年代。

钱兴的塑像在革命广场矗立。钱兴指导过富川的古城起义，与富川有着颇深的革命渊源。与他一起并肩作战的吴赞之，是桂东地下党特派员，古城起义的直接领导者，也是古城起义烈士黄希文的恋人。起义前夕，吴赞之经常来往于古城与黄姚之间，接受钱兴的指导和上级分派的任务。吴赞之高个子，长相普通，但性格豪爽，是个用情至深的男人。我不止一次地想，如果吴赞之与黄希文生活在现代，那将是一对多么令人艳羡的情侣，他们或许可以像普通的恋人一样，顺利地结婚生子，过上幸福的生活。而他们偏偏生活在国民革命时期，生活在水深火热的战争年代。

曾经为写一个地方影视剧本，为从黄姚省工委的资料中找寻吴赞之的影子，我专门来过这块留下过无数革命者红色足迹的黄姚。

也是那时起，渐渐了解了他与黄希文之间的爱情。那是炮火下小心谨慎的爱情，是革命情怀在先、儿女情长在后的爱情。那时候的爱情，纯洁伟大、严肃端庄，充满着革命的浪漫主义色彩。在漫长的解放战争中，吴赞之与黄希文为了富川乃至广西解放战争的胜利，一次次地将个人的情感放在了轰轰烈烈的革命运动之后。而当全国的解放战争已经胜利在望的时候，他们却天各一方，阴阳相隔了。黄希文和战友们为了人民解放和国家的独立，牺牲在了革命胜利的前夜。虽然，他们来不及看到共和国胜利的曙光，但是，共和国胜利的曙光里，有他们滚烫的热血。

就差两年，全国解放在即，他们与全国解放也是一步之遥，否则，在新社会，他们定能结成正果，成为一对恩爱夫妻。

然而并不是所有的一步之遥最后都能被打破，有些人执杖千里，寻觅真理而不得，而有些人，蓦然回首，那真理却意外地，就在灯火阑珊处。

原载《民族文学》2021 年第 10 期

天堂的模样

"我心中暗暗猜想，天堂就是图书馆的模样。"（博尔赫斯）

——题记

一

每次进入藏书室，犹如独自穿越荒野。阴森森的书架在灯光下影影绰绰地晃。年久失修疏于更换的灯管，在低矮的天花板下散发着柔弱的光。之中总有两三盏在一闪一闪地跳动，仿佛下一秒就会立即暗下去，但它偏不暗！于是整个藏书室也随着跳动的灯光一明一暗地变得诡异起来，这极容易让人想到灵异片里鬼魂出现时，灯火唰唰齐灭的情景。谁在这样的环境下都会变得有些发怵，精神开始不安。而我觉得那些闪着的灯更像野外墓地里飘来荡去的磷火，一扑一闪地让人恐惧。

我一个人在书架间惊惶地拐来拐去，终于进入最里面的书架了。而惯常的心理作用又让我觉得一股阴风从后脊梁旋起，鬼魅一般地进入我的身体，让我情不自禁地颤抖了一下。

我去为读者检索一本叫《约翰·克利斯朵夫》的书。这是一本法国名著，我清楚地知道它的分类号和在书架上的具体位置，我想它或许有些吸引人，因为这本书有几个人借过了。但我却极其讨厌它。因为越多的人来借，意味着我就要越多地进入这片阴森之地，我的心脏就要接受一次次的考验。每一次，我都用最快的速度把书从书架上取下，然后迅速地逃离。这鬼魅之地，如果可以选择，我宁可一辈子也不进来。博大叔的话是不可信的，他说，天堂就是图书馆的样子。怎么可能呢？这里简直就是地狱。

二

他们说我有学问了，我问为什么。回答：在图书馆工作呗。面对这一简单的生活结论，我只想到它应该来源于那句俗语：没吃过猪肉，还没见过猪跑吗？至于有没有学问，我当时是不关心的，我更关心的是，一个月的工资能买得起多少斤猪肉。对于不爱读书、不热衷于文字的人来说，图书馆工作更多的是与清贫寂寞、无所事事、无所作为这类清冷消极的词语联系在一起。

我毕业后的第一份工作，就是在一座图书馆当管理员。当时的图书馆建在一个很特殊的位置，它处在公园一角的边缘地带，往东走几十米，是公园喧闹区，往西，便是较少人去的郊区。图书馆是个分界点，在繁华与冷落之间等待着别人的选择。但它并没有因为处在公园内的位置而吸引更多的读者。的确，图书馆被包围在一堆居民房里，如果不是因为它的建筑略高于普通的民房，从外面看，你很难发现它竟然是个图书馆。图书馆里的每个角落都拥挤逼仄，特别是进入藏书室，犹如进入了阴暗的密室。室内灯光昏暗，空气对流不好，里面的书架间距勉强能容一人走过。架上塞满了旧书，尘封已久的霉味和尘土味混杂在空气里，让人窒息。有些书已经有虫蛀的小洞，一翻开还能催你打出一连串的喷嚏。藏书室里大概放着十多万册书，一整片看过去，像死寂的森林，找不到一点生气。那时候，藏书室经常是一个人值班。当我每次进去为读者索书的时候，心跳不由加快，总觉得在某个书架后面，有一双眼睛在盯着自己。如果再多待一会儿，惊悚片的种种画面就会涌入脑海。取好书后，我像盗墓者一般仓皇而逃，一出来就迅速地反锁上藏书室的门，生怕里面的"阴气"也跟着跑出来。借书的读者看着我一脸惊惶，觉得不可思议，他们当然不知道那里面是怎样的一种景象。那些被视为知识海洋的书籍，其实是充满诡异色彩的迷雾森林，我对它们避之唯恐不及。好在图书馆总是管理员多过读者，借书者寥寥无几，我也不用经常到藏书室去索书，更不会主动跑到里面，找一本书阅读来消磨难挨的上班时光。

没有人喜欢这份工作，确切地说，没有人喜欢这个地方。馆里女人居多，她们上班除了应付仅有的几个读者，做一些零碎的馆务工作外，基本上都是闲着的。我看到她们有时候拿着一件毛衣从上班织到下班，更多的时候是聚在一起闲聊，说这菜那菜怎么做，说谁又这样那样地度过一整天。极少人去想前途如何，图书馆如何走出困境。一开始我加入了她们闲聊的行列，虚度着光阴，后来渐渐觉得无聊与乏味了，却又不知道除了用这样的方式打发日子，还能做些什么。

图书馆被我们冷落着，像被打入冷宫的妃子，无人过问。我们每天在图书馆的肺腑里穿行，却从不关心它身体里暗长的肌瘤。我不知道它是不是哀怨孤独的。好几年，我看到许多书在书架上的位置都没有变过，就像一个瘫痪的人躺在床上无人打理。

我开始忧虑，常年萎靡的工作状态，不思进取的生活，迟早会影响到自己的命运。我也必须做些什么，来对抗这虚无的生活。百般无奈之下，我终于拿起一些书阅读，以打发时间，但读书的时光让我如坐针毡，阴暗冷寂的氛围让我无法专心下来。这样的阅读，犹如给半封闭的罐子挤入几滴清水，无法改变什么。

三

这世上的境遇你永远也想不到，就像一本书，你若将它放在藏书室，或许久久无人问津，但你若把它放在开架书库里，这本书便有了更多出借的机会。我就幸运地遇到了这样一次机会。同样的图书馆工作，我被移到了另一个地方，境遇有了改变。

母校图书馆在环境上与之前所在的图书馆竟是天壤之别。馆舍大，宽敞明亮，环境异常地好。周边都是教学大楼与学生宿舍，窗外桂树环绕，鸟语花香。特别是秋天，成片的桂花树一起开放，花香从窗外灌入，其景其香真是让人沉醉。

学校图书馆的管理员很少，每人管理一层，每人就可享受一个偌大的"办公室"。我欣喜若狂，离开逼仄的环境，心情像飞出笼子的鸟儿，一下豁然开朗起来，肢体也像生锈的螺丝被人扭动了一般，点上了润滑剂，整个人开始灵动起来。我每天把图书室打扫得整洁干净，地板拖得锃亮，在里面一边放着音乐，一边编目图书、整理书籍。阳光从南北墙镶嵌的大玻璃窗外倾斜而入，洒在图书室的地板上，投射到书架上，充满光明与温馨。这时候，纵使一个人待在图书室里，也不会感到冷寂孤独。图书馆在学生上课时间，几乎是没有人光顾的，于是我开始为所欲为，包括在书架上压腿，在书架间慢走锻炼身体。音乐轻盈地流淌在每个角落，我在办公桌上泡好茶，由此开始了"天堂"般的生活。那时候我甚至觉得两个假期对我来说都是多余的，我喜欢待在图书馆里，享受音乐和花香。

学校图书流通率高，也常有新书像活水般源源不断地注入进来，充满了流动的生命力。我在这样的流动里，找到了书籍存在的意义和自己的工作价值。

而我知道，博尔赫斯对于"天堂"的理解，并不是因为图书馆的"清闲"，而是因为能在它的氛围里，享受知识的洗礼与馈赠，获得写作的时间与宁静。图书馆的工作，让他在工作、阅读与写作之间找到了最完美的契合。学校图书馆的工作依然是相对清闲的，我确实有足够的时间去考虑如何补救之前虚度的那几年时光。我开始有了一些读书的心情，书看多了，也偶尔动笔写些文字打发多余的时间。但零星的阅读与写作也没有让我快乐起来，成为一名像博尔赫斯这样的作家，并不是我的理想。我隐隐地觉得，波澜不惊的生活里，总少了些什么。我的世界里，只有书架与书还有一成不变的生活，而外面的世界呢？

四

一年多后，命运又一次把我带到了另一个与图书事业毫无关系的地方。在外面的世界起伏几年后，我像围城外厌倦喧嚣的人，又开始张望围墙内的宁静的生活。现在常常回味着，那个每天拿着鸡毛掸子打扫书架的自己，仿若世外桃源中栽花种草的仙子，美得让自己都觉得眷恋。于是在忙碌劳顿的时候追悔没有坚守在"天堂"里，也没有早日与文字结缘。但图书馆毕竟是回不去了。后悔归后悔，我又常常反过来问自己，现在，真让你回到图书馆，你还愿意去吗？结果内心是迟疑的。

学者们说，图书馆本身就是一种内涵深厚的文化。但在不发达的县域，图书馆是一处被闲置的文化，它往往被撂在经济建设的大潮后面，散发着暗淡的光。而一块充满活力的铁，在这样的闲置的环境里，不经历扳拗与打磨，是容易生锈的。因此，图书馆的工作，只适合像博尔赫斯这种以图书为事业，又兼诗人与作家身份的人长待。在这样的人眼里，图书馆才是一处无与伦比的天堂。有朝气有抱负的年轻人是不适合长期待在图书馆的。曾在书上看过一则故事，叫"安逸的生活才是真正的地狱"，说的正是这个道理。死水一潭毫无涟漪的生活，会让人麻木与厌倦，庸常与琐碎久了，容易让人觉得生活黯淡与无望。我想我那过于安逸的生活，正是需要一场大风大浪的洗练才足够圆满，因此我最终愿意离开"天堂"。我期待图书馆外的世界，将我引向了另一种未知的辽阔。

朱熹佳句"问渠那得清如许，为有源头活水来"是阅读的良言。沉滞不可取，流动运动着，才能吸取新的东西。"流水不腐，户枢不蠹"，世间万物的运动，是存在的根本。知识如此，人又何尝不是如此。每天在同一个地方蹲守着，不如挪动脚步，到另一处吸取新鲜空气。书籍是知识的源头，而我们打开视野吸纳活水的内心，更是这个源头的源头。莫言学历不高，但他在土生土长的高密乡，择取了所需的文学营养，最终成就伟大作品获得诺贝尔文学奖。有人说："每个人都是作家，重要的是如何不写。"套用这句话，每个人都是一本书，我们如何不读？整个社会就是一座图书馆，我们如何能做到视而不见，充耳不闻？只要我们的心灵在阅读，身边的一切，就是图书馆。

所以，在不在现实意义上的图书馆有何紧要呢？我们的内心源头能洞开多大，我们吸纳的活水就有多少，心中的图书馆就有多大的储藏。我们需要的，只是一个善于吸纳的活源头——一颗求学的内心。从这个角度来说，每个人都是一个图书馆的承载体，每个人的体内，都放着无数个空书架，等着我们把自己编目的人生放上去。我们是带着图书馆行走的人，或者，我们本身就是一座可以行走的图书馆，其中放着学识、阅历、情感、思想，以及由这些元素混合起来，由内而外散发出来的气质与气场。天堂就在自己的身体里，模样取决于我们要从纷繁杂乱的生活中提取什么样的素材，从知识的天空中采撷什么样的颜色。当每一份要素都暗合了自己身体的温度与气场时，我们就拥有了一个最理想的天堂。

原载《广西文学》2015 年第 1 期

跟着溪水下山

一

小城连日停水，饮用水很紧张，原来抽山泉水饮用的，现在只能抽大河水。但大河水毕竟没有山泉水干净，还有漂白粉的味道。这样的水打出的油茶是红色的，味道不好喝。这几天，我都没有再打油茶，但几天不喝油茶觉得不是滋味。那种与生俱来的习惯，一旦被停止，生理和心理上都难以接受。就像每日用习惯了哗啦啦流的自来水，一停水，生活变得很不习惯。仍然燥热难当的十一月，下半年好几个月没有降雨，生活用水供应不上，为了限制用水，每天只在做饭时间和深夜来些细细的水，我们才紧赶慢赶地把一天该洗的东西抓紧洗完。这种生活的不便与紧迫，让人心生懊恼。

友人说，在泗源山里，有一座金山禅寺，很多人去礼佛，顺便也从山上装些山中水回来烧饭煮茶。一听说是深山古寺，我便有极大兴趣，一来可以参观游览，二来也能捧些泉水回来，打出正常的油茶，喂养我嗜茶如命的肉身。

我们沿着城北镇泗源村后的山路一直往泗源山上走，去寻访金山禅寺和从山上流下的泉水。泗，从水声，意为水的意思。泗源，则有水之源之意。泗源村所依着的四条山脉之上，有一汪巨大而清澈的淡水湖，水从山中流下，滋养山中万物，也滋养了山下的芸芸众生。

据说金山禅寺有六百多年的历史。想到它的悠久与沧桑，一座深山古刹的样子就浮现在脑海里。那里应该有森森的树林掩映着它吧，有阳光透过密密匝匝的枝叶照射在它回钩的翘角上，晨钟和暮鼓会在清晨与黄昏沉缓地响起，在山谷里回荡。那里或者也该有一位得道高僧，他有很多偈语，能给你醍醐灌顶的领悟，让你瞬间厘清思想的葛藤，在人间做一个宁静通透的人。那里更有一口清澈的泉眼，日日冒出纯净的山中水，供养着寺庙，滋润着周围的树木，它们像僧人的偈语，清澈灵动又源源不断。我对这座深山古寺充满了向往。

沿着曲折瘦长的山路往山里走，一路看尽山中秋色呈现的万种风情。一条溪水自山上流下，遇陡则急、遇平则缓地经过我们身边，溪水清冽，水声叮叮咚咚一直在耳边响个不停，有时候甚至能盖过我们的说话声。但从它的深浅状态，可以看出，它已经消瘦多时了。河床里的石头已经露出了水面被灼热的阳光晒得发白。它向下奔着，而我们向上走着，最初遇见的溪水离我们越来越远，我们不停地相遇着又不停地分离。

我知道，这溪水迟早会流进低处的县城，流进每家每户的水龙头里。我们所居住的这座县城，就位于都庞岭和萌渚岭的余脉之间，从深山里流淌而下的泉水，便是我们日常的饮用水。在山里，随手掬起一捧溪水，都能饮用。如此纯净，犹如这山里的空气和空中一阵阵闪过的鸟鸣。

踏在弯弯曲曲的山石路上，穿过多到无法列举的繁密植物、野果野花，不久，便看到一座白色的亭子似的建筑。朋友说，上山要经过三道关，这是第一道。

到金山禅寺为什么要设三道关，难道说，是佛在考验众生的诚意吗？在此之前，听朋友说起，每日在寺中留宿的信众有好多，他们自带被褥、盥洗用具，自发地走上十几里的陡峭山路，在山上住上三五天，接受佛法的洗礼。而我，对于金山禅寺的好奇，不在于它的佛法是否灵验，而是它居于深山中的那份宁静与禅意。

是谁建了这金山禅寺，建寺的人是否也想做一名隐者？往上攀登的石路并不平坦，那些不太规整的石头或疏或密地镶嵌在曲折的山路上，像一个人时松时紧的心情，有时候畅通无阻，有时候会突然冒出一个大石堵在前面。

刚出第一道关口时，在路边，看见一位大伯在用铲子，从路边铲出一条小沟。我问他在干什么。大伯说："下雨的时候，流下山的水会漫溢了这段上山的路，又湿又滑，对上山礼佛的人来说十分不便。我修出一条小沟渠，是为了把水引入那条沟渠里，这样水就从沟里流走不会漫到路上去了。"

"是政府请你来修路的吗？"我问。一位年纪这么大的老人，自己走上山已经是又远又累，还要在山上修路，我的第一反应便是他是受雇于人。

"不用谁叫，自己来的。"大伯笑笑说。他的脸圆圆的，肚皮微微隆起，笑起来的样子让我觉得很熟悉，但又一时想不起来像谁。

我想起以前看到过一则禅经故事，说是一位小僧上山去找一位著名的得道高僧。到寺庙里，发现只有一位僧人在扫地，于是问僧人，高僧在何处。僧人说："此处无高僧。"小僧不信，把寺庙前前后后都找过了，果然找不到他要找的高僧，于是悻悻地下山去了。

到了山下，见到一位砍柴的农夫，又问及可曾见过山上的高僧，农夫说："那位扫地的僧人就是高僧啊!"小僧这才恍然大悟。此刻这位高僧的形象，突然让我跟眼前的大伯联系在了一起。谁说一个得道的高僧必须是坐在莲花台上闭目参禅的呢，一个悟道了的人，是能从每一个生活细节中参悟的，他的道行，已经渗透在一言一行中。这样一想，猛然想起，大伯长得像寺庙里的弥勒佛。

与大伯继续聊，才知道他住在泗源山脚下的一个村。平时只要他有空，就会步行上山，拿一把锄头，这里修修，那里补补，让信众更方便上山。

他用手指指前方。我看见不远处狭窄的转弯山路口，十几条坚实的木板从路边架伸了出去，结实地补在空悬的山崖边，为行人拓宽了路面。这样看上去安全多了，否则谁在那里一不小心踏空，便会从百米高的山上摔下去。大伯还说这条路上许多石子都是他一块一块铺成的。我问大伯："这样义务修路有多少年了?"大伯笑笑说："想不起来了。"

大伯姓张。我们约大伯一起上山，他欣然应允，说本来就是要上山找德慧法师的，看到路上有积水，所以先停下来修路了。原来他与德慧法师是多年的好友，大伯不但经常来帮修路，还经常到寺庙里给信众们做斋饭。

我们继续向山上走，气喘吁吁，但大伯却是身轻如燕，像走平路一样轻车熟路。

二

到第二道关的时候，突然想明白，这其实并不是"关隘"，是建寺的人方便上山下山的信徒所建的歇脚的驿站。佛门从不惧怕别人侵犯，无须防守，人需要面对的敌人，往往总是自己。至于为什么把它想成了"关隘"，想来这"关隘"是从红尘中带来的吧，我们总是害怕受伤，于是在心里都筑了许多堡垒，走到哪儿，就带到哪儿。

第二座驿站的墙体镶了红色的砖，在浓酽的绿色中显得十分抢眼。我们走的山中小路，曲曲弯弯地从第二道驿站穿过，又从门的另一端，弯弯曲曲地往山上延伸。那路，就这样带着我们的眼神和期盼，先于我到达了金山禅寺。

据说这些驿站，包括寺庙，都是僧人和信众们花了几十年时间筹资兴建的。金山禅寺的产生、发展和兴盛，全依赖民间力量。一座寺庙，几百年来都能得到民间的长久支持，这与寺庙里的高僧是密不可分的。"山不在高，有仙则名，水不在深，有龙则灵。"那么，庙不在大，有高僧则灵。

那里的高僧是有多大的魅力，我在想这个问题。站在驿站里面，透过拱门向山上望去，起伏的群山层次分明，嫩绿、灰绿、深绿、酽绿夹杂着各种缤纷的颜色，像油画一样层层铺开。真如一幅深邃的画呀，山谷幽静，层林尽染，拥挤的鸟鸣不绝于耳。见过许多国画，它们喜欢在深山里画几间茅屋，或一两间寺庙，镶嵌在浓绿中的红墙灰瓦、翘角飞檐，幽远的意境总是透着淡淡的禅意。想象就在不远的深山处，一座古寺赤红色的墙体若隐若现。一位僧人迎面而来，风吹起他的僧袍，猎猎作响。他双手合十，对我们鞠躬，语气温和，目光从容，如从树林间洒下的阳光那般自然。离金山禅寺越近，内心的渴望变得越强烈。

我们已走得上气不接下气，而张大伯却依然轻松自如，气息均匀。脚下是深谷，在山谷的另一面，大片的树林已经排列成绿色的缎面，浓绿地铺陈在我们眼前。隐隐地，我看见，从对面山头拉了一根黑黑的线越过另一个山头；中间挂着一个静止不动的黑桶，像一个黑黑的句号般停留在半空中，让人疑惑前文是什么，后文又是什么。我问张大伯那线是做什么用的，张大伯说那是用来把较轻的东西从高处滑下来的工具。接着他又指着路边搭着的一个木架子告诉我，原来山里有一个铜矿，早几年有老板在偷偷地开采，后来政府为了保护生态环境，强行对其进行查处关闭，现在，运送矿石出山的索道——那个木架子也早已不用，只能静静地伏在山间顺其自然地朽去。

<h2 style="text-align:center">三</h2>

十一月的天蓝得澄澈，偶尔几朵白云气定神闲地停在山峰上，也不知是在打坐还是在休息，总之当你仰头看它们的时候，总觉得它们想跟你说些什么。而当你想要说些什么，又觉得语言都是多余的。空灵的鸟鸣在山里回荡，从一座山峰传到另一座山峰；风从另一个山峰吹过来，吹得树叶沙沙响，吹到我们身上，异乎地清爽。

我们已经走了七八里路。上泗源山的路不算陡，也不算崎岖，但在仍是燥热的十一月走上来，还是会出一身大汗。于我这种不爱运动的人来说，到山上走走，是一种难得的锻炼。但转而又想，今天，在那楼房林立的山下可否有水洗澡？想着开始心生烦恼。在离地平线几百米高的地方，尘世带来的烦恼仍然没有脱离地心引力。

出乎意料的是，第三个驿站不再是一座普通的亭子，而是一座精致的四角桥亭。赤红色的亭子雕梁画栋，做得极为精致，桥身架在一条溪水上，呈美丽的半弧形。我从未见过这样的桥，妩媚得像女人的杨柳身段，稍稍一弯，在这大山中立得风情万种。桥下的溪水清澈见底，从倾斜的高处淌下，发出淙淙的水声。赶紧奔到桥下去，捧一把清泉敷在脸上，清冽的感觉凉丝丝地浸透肌肤，嘴唇没有触到水，却已经感觉到了水的清甜，人顿时觉得精神了几分。就这样站在桥上不想走了，吹着风，看着近处远处层层叠叠的山林，除了深呼吸，就是静静地闭上眼听着流水声和鸟鸣。近处的野花在肆意地绽放，鲜艳的野果垂挂在枝头上，紫的、红的、绿的，它们汇聚了大山的灵气，开得饱满，精气十足。偶尔会有一两只小动物，从这个树丛钻出，蹿到另一个树丛，一下没了踪影，可爱至极。

站在桥上往山上看去，不远的地方，那座赤墙灰瓦的寺庙已经耸立在了眼前。这才惊呼自己一直沉迷于这段桥水风光，差点忘了此行的目的。

金山禅寺原名叫铜山庵，寺庙最先由寂明法师开创，香火断断续续地传了六百年，到现在，寺庙已经改为金山禅寺，现在由德慧法师任住持。曾经，寺里被迫驱散了僧人，最后只剩下废墟和残损的石碑。直到三十多年前宗教政策转变，山下的村民几经商议，自筹资金，维修了铜山庵老庙，从此寺庙的香火又慢慢旺起来。

踩着山路再往上走三四十米，就到了金山禅寺。与多数寺庙的结构大体相同，进入山门，就是天王殿、天井、大雄宝殿、南北厢房、藏经阁文昌楼了。寺庙依山而建，殿宇楼阁层层往上相叠，红墙灰瓦在周围苍翠林木的映衬下，显得庄严而肃穆。进入天王殿，殿内正中坐着弥勒佛，两侧是金刚怒目、持械卫护的四大天王塑像。弥勒佛的样子，又让我想到了张大伯。而张大伯已经在寺庙的厨房里忙前忙后，为信众采茶泡茶、烧柴做饭了。

　　然而一路听张大伯反复提及的德慧法师并不在寺里，这未免让我觉得有些失望。德慧法师是本地人，据说当年放弃了大好前程，毅然选择了到山里当和尚，谁也劝不返。他任住持这几十年，苦修佛法，靠自己的德行，普度众生，最终获得了八方信众的信任，朝山拜佛之人络绎不绝，香火越来越旺盛。之后住持集信众之力，对古寺进行修复和扩建，寺庙才有今日之规模。我不懂真正让法师放弃俗世生活皈依佛门的原因是什么，但我想，德慧法师内心必有善念之水在汩汩流淌。

　　这样的善念之水，也流到了像张大伯这样的信众身上。

　　我们一行便被安排在接待室休息，张大伯与别的几个居士或者信众，在厨房里忙来忙去，择菜、洗菜、切菜，然后在火塘前把菜放进锅里素炒。我们试着上去帮忙却帮不上，因为那些信众早已把所有的事情都做好了。在这里，他们每一个人仿佛都想多付出一些，为寺庙及来礼佛的信众多做些事。

　　我们在寺院的四周参观，发现寺庙左右两侧各有一股山泉流入，僧人和信众们在寺际右边用水泥建了两个方池，用于蓄水，然后，他们可以在水池边盛水，洗菜，烧饭。那水从山中来，清澈悦耳地流入池中，再从池中流坠到山下去，水哗哗哗地响着，不绝于耳。想来友人说的要蓄水下山，便是在这里了。一只精致的陶瓷金鱼镶嵌在池子边壁上，水从鱼嘴里吐出来，再到池子中，如此生动活泛。在水池的另一侧，巨大的原木堆放在坡间，一座亭台楼阁正在兴建着，向我们昭示寺庙香火正兴旺延续。

　　当几碗青素的菜摆上了桌，张大伯又张罗着帮我们拿碗拿筷子，叫我们先吃斋饭。他如此热情，让我们心生愧疚。缘何这样一位高龄的老伯，对生活仍是如此地热情，孜孜不倦地为别人付出而不求回报？他内心的快乐与丰盛像源源不断的泉水，难道这都归结于信仰的力量吗？

四

张大伯告诉我们，从寺庙边右侧的小路往上走，上一届住持的灵塔就在不远处。张大伯依然简要地为我们介绍了前任住持传和法师的修行之路，之后指指寺庙边的小路，告诉我们沿着小路往上走，便可瞻仰传和法师的灵塔了。说完便说有事下山去了。

传和法师的灵塔孤独地立在一块被铲平的空地上，远远看着便感受到了它的庄严肃穆。我们在塔前烧香，鞠躬，不敢大声说话。按大伯的意思，要在灵塔前打坐二十分钟，以示对法师的尊重与缅怀，也是反观内心、清除杂念的静好时机。

静静地坐在灵塔前，从这边一目眺望过去，发现远处两座相对的山形轮廓像如来手掌合成的半开合的莲花，那条逐渐变窄的山间空隙则是托起它的花茎，在蔚蓝的天空下栩栩如生。如若此时是凌晨，旭日正好从这莲花手中间冉冉升起，那空灵苍翠的意境，在凡人眼里便是修行的绝美禅境。大山如此之美，像一个巨大的宝藏，为人类奉献着无尽的资源，无论时光如何穿越延伸，它依旧恪尽职守，亘古不变。

忽然听见窸窸窣窣脚踩枯叶的声音，转头，三位五六十岁的大婶正向我们这边走来。她们身上用布袋或者竹筐，背了不少的藤草。我看见其中一位大婶的布袋子上，还绣了一个"佛"字。见我们，她们便过来打个招呼。聊天中，才得知她们均是传和法师的俗家弟子，见我们在此参拜，觉得亲切。

我问她们上这么高的山做什么。她们说，她们定期上山采中药，下山给需要医治的人。

"你们都这么大年纪了，不怕摔着哇?"我问。她们笑着说:"摔不着的，习惯了。"说完下山去了。三人前后排成一行，像一段流水，缓缓地流下山去。这又让我想起了张大伯身上那股热情，他们如此相似。

回到寺庙中时，依然不见德慧法师回来。天色近晚，我们每个装了几瓶山中水，下山去了。

下到第二个驿站的时候，恰巧遇见了回山的德慧法师。

我们互相揖身，德慧法师看着我们手上捧的水，朝我们面善地笑笑，问:"这山中的水，可有洗涤你们的心?"

我答:"山下停水，我们上山取水。山上水甜，山中景好。"

法师笑笑说:"水千变万化，随境而适，我们应学习流水那种以动制动，随遇而安的品质呀。"说完合掌作揖，上山去了。

随遇而安。德慧法师的偈语像一滴清凉的水打在我的心上，身体里的燥气仿佛被水浸润而熄。万般嗔怨中，永远能开解我们内心葛藤的，是自己拥有一颗水一样的心，柔软、包容、奉献。佛法其实永远存在于每个人的心中，每个人的身体都是一座寺庙，等着你拿出自渡的真经，修成正果。

溪水仍在我们身边潺潺地向山下流着，轻盈清澈。

跟着它下山吧。仍然要回到现实生活中去，面对俗世的纷纷扰扰，仍然要历劫无数，才能走向从容。

抬头远望，群山向远处延伸，像一个人封闭的内心打开了辽阔之境。又想起法师说，一颗在尘世中清凉下来的心，就像一块绿荫，供人遮阳，又能带着众鸟歌唱。

万籁独此静寂

一

弘扬寺在去往福利镇的路上，新建不久。周四早上，在我的强烈要求下，周大师终于同意陪我到新建的弘扬寺小游一番。

偷得浮生半日闲。一路上我与周大师不停地说着工作上的烦闷与枯燥。这次工作日出游，对我来说是一种小幸福。周大师只是静静地听着，微笑，之后又郁郁沉沉地说："这微小的幸福，我看见它就在眼前，但好像触手难得……"我理解他的话，这种"出游"对他来说，仍然是工作的一部分。

大头岩下的弘扬寺静寂地伫立，远看如正凝神打坐的僧人。周边绿树环绕，满目葱茏，清幽安静。大头岩山上的树葳蕤丰茂，把山下的深赤色的寺宇笼罩得更为幽深肃穆。初夏的艳阳铺满了小山，这景致不由让人想起《题破山寺后禅院》中的诗句："清晨入古寺，初日照高林，曲径通幽处，禅房花木深……万籁此俱寂，但余钟磬音。"站在山下静静体会，觉得有说不尽的况味美境从这些景致中流溢出来。

乾了法师从禅房里走出来迎接我们的时候，我好像隐隐听到了寺里余音未了的木鱼声和诵经声。他刚做完早课，嘴里念着"阿弥陀佛"，双手合十把我们请进了右厢房的会客室。

印象中我是第一次走进佛家僧人的领地。厢房里家具简洁，一张客人住的床，一套简陋的木沙发，一个茶几，厢房旁边是陈列室，另还有一间厨房，设施简朴，跟现代人的生活没什么两样，但其中又隐隐透出些禅意，我却不知道那些禅意来自哪里。乾了法师一边向周大师聊着这些天的佛事，一边邀请我们坐下泡茶，闲聊。法师说话语气不愠不火，仿佛早已参透人间世相。但我多少有些不相信，这新建的寺庙，这浮躁不安的社会，会有如此得道高僧。周大师一边听着一边又沉入了工作的思考中。他永远都在狂热的思考中，仿佛总有想不完的问题、处理不完的事务。我之所以称他为"大师"，缘于他诗书棋画、天文地理样样精通。但他几乎没有闲暇去顾及细小的生活问题，甚至在我看来极不懂普通百姓的人情世故。而我在他快节奏的工作重压下，累得喘不过气来。这次他能带我来弘扬寺小游一番，对我来说算是格外开恩了。

我走到厢房门口望着大雄宝殿出神，宝殿前浑圆的赤柱、香炉里升起的轻烟让人肃然起敬。这股仙风道气仿佛在荡涤人的五脏六腑，竟不由让人放下轻浮之举变得严肃庄重。上香的人刚离开，寺庙此刻是难得的清静。我突然想去敲敲木鱼，念念经书，亲身感受佛门弟子那套能让心灵脱离凡尘的法事。面对我这一出一出乖张不定的举动，周大师哭笑不得。

"生活中处处充满禅机"，乾了法师说，"泡茶也如此。"听到这话，我把眼睛从宝殿上移了回来，周大师也从工作思考中被拉了出来。乾了法师看我极不安稳地走来走去，笑着让我说说从泡茶中能悟到什么。我笑笑，心里得意，我可是读过几本"一味禅"的，这样的小道小理，怎能难得住我？我说："这还不容易？泡茶如人生。茶要在滚烫的沸水中翻滚，才能泡出真香，平淡的凉水是难以泡出真味的。人生与泡茶的相似之处在于，人生的际遇就像这沸水中的茶一样，只有在滚滚的红尘中沉浮，才容易悟出人生的真谛。"周大师与乾了法师对我露出了笑意。可是，我又很不客气地说："不管什么茶，这茶什么味，这所谓的茶道，总归是人的自作多情。"

周大师笑笑说："你倒是有点慧根的，不过，"周大师话锋一转，"你虽有悟性，却缺乏沉稳的耐性，为人处世，理当温和谦逊。你刚才的样子，就充分地说明你的修行还不够。"

我被周大师说得语塞。佛书上写着，但凡得道高僧，都有"泰山崩于前而面不改色"的淡定，有着闲云野鹤闲庭信步般的从容。但我等毕竟是凡人，如果也能达到佛一样的境界，这世间，个个都成了佛也就没有了佛，个个都大彻大悟了也就不需要寺庙的存在了。我正要反驳，但转念一想，我若反驳，乾了法师会不会很尴尬，周大师又将说我不谦逊不淡定了。于是我只好将满肚的意见化作牵强的一笑。

说着话，突然发现茶几上有一颗别致的石头，两个拳头大，黑褐色石体，周身布满了金黄色的花纹，错落有致，宛如一幅画卷。我情不自禁地把它拿在手心里把玩，喜欢得不得了。"这是建寺开山的时候，村民拾到的石头，把它送给了我。你若能在这颗石头上说出些悟道的话，我就把这颗石头送给你。"乾了法师微笑地看着我。

那石头上的纹路，让人想到张择端的《清明上河图》，房屋、船只、树木、桥梁、商铺、仕女……缓缓地转动石头，我的心里生出许多画面出来。说点什么呢？我一直没有收藏石头的雅兴，看它仅仅是觉得它特别罢了。这回我确实悟不出什么大理小道，自觉资质浅薄，便找了个借口一个人走进了大雄宝殿。

寺庙不算太大，殿里的佛像、神龛、帷帐之类的与别的寺庙没什么太大的区别，倒是殿角一堆堆的佛书吸引了我的注意。其中一本《在浮世》，清淡的封皮与禅意隐现的书名一下锁住了我的眼球，情不自禁地把它挑了出来。好在寺庙里的佛书本来就是供善男信女们拿回去慢读慢悟的，我便一口气选了好几本，心里着实爽快。这世间，唯有音乐、书籍、文字、栽花种草这类喜欢的事物才能让自己的心灵安静下来。现在，一下得了几本好书，想想又可安静地读上几天了。

突然想起乾了法师刚才出的题，心里便有了答案。

回到会客室，我对乾了法师说："当我们喜欢一件东西或者一件事，我们就会对这些东西或事物投入许多的关注。当我们痴迷于这件事的时候，我们从中能得到许多的快乐，从这些快乐中，让我们不仅能得到内心的坦然与宁静，还能有所感悟，从而使心灵更接近佛性的宁静。喜欢一件物什，就是一种教化的开始。"我把那本《在浮世》拿起来朝他笑笑。周大师笑了，对我点了个赞，但乾了法师还是浅浅地微笑，不辩对错。他总是那样地不悲不喜，仿佛周遭的一切都无法让他的情绪沉浮。他从紫砂壶里缓缓地倒出茶水，那茶水缓缓地洗浇褐色的茶壶，如清透的泉水源源地流淌下来，又如醇香的茶沿喉而下，冲刷体内混浊之气。

离开弘扬寺的时候，周遭的鸟鸣清新悦耳，反衬着山与寺庙的静谧。站在寺庙前，青翠的树木与赤色的庙墙辉映，弘扬寺更显得深沉庄重。

乾了法师跟随我们出来，把那颗精美的石头与一串温润的玉石手链送给了我，我感到诧异。他说："你与佛有缘，大自然中每一件物什，都是美丽简单的形式，都包含着丰富的内蕴力，希望每一件物什，都能触发你辽阔的想象力，给你带来快乐。"

我笑了，欣然接受。红尘中，能让我们安静下来，反观自照，见微知著的，通常是些简单而美好的事物。

沉缓的钟声在此时响起，幽幽地在山间回荡，仿佛在与我们相送。

回去的路上，周大师也开朗了许多，他说："那些微小的幸福，其实，就在不经意的眼前……也正如某个名人说的那句话，世上并不缺少美，缺少的是发现美的眼睛。沉浸于自己热衷的工作中，也是一种幸福。"

我也跟着豁然开朗。弘扬寺，有如此宁静而清和的智慧。

二

离开弘扬寺的时候，有些匆忙，竟把那本《在浮世》给忘了。回来后的几天时间里念念不忘，心里像被什么抓挠似的，老在找些什么理由去第二次，拿回那几本书。

母亲又开始心烦了，近日家里诸事不顺。她常自言自语地说："家里这本经该怎么念才好。"于是我对母亲说："有一处清净的寺庙，空气很好，不如去上炷香吧。"母亲欣然答应。正好在远方工作的姐姐回来，也很感兴趣，便约一块去。加两个小侄女，刚好一车。

姐姐眼界高，近四十仍是单身，她的婚姻大事也是家人的一块心病。但这份单身的自由可以让她想走就走，逃离喧嚣的大城市回归小县城，过上几天修身养性的半田园的生活。而我竟十分地羡慕围城外的姐姐，羡慕那份独立与洒脱。母亲对于城里城外两个不同生活的女儿，经常互有教训地让我们改变心态。

一家人坐着车，驰骋在宽阔而平直的马路上，路边高大成荫的桉树排列着向后倒退，夏日的风拂来，吹在脸上清爽舒畅。一家人在车上有说有笑。我想，那些生活中的烦恼如能像风一样地飘出车窗，随着退去的风景一齐消失在身后，那该多好。

步入弘扬寺前殿的时候，乾了法师正与住在附近的一位施主在簸箕里挑拣着茶叶。那茶叶青翠欲滴，椭圆的叶片上，布着一层淡白色的绒毛，透出些许朦胧恬淡，这份恬淡，不知来自寺庙，还是来自茶叶本身。乾了法师依然双手合十地迎过我们，给我们介绍，这是他们在寺庙附近种的甜茶，口感极好，他准备把它们晒干储藏，用来招待入寺的客人。法师一见我，便说："知道你肯定还会来的。"我笑了，但还是对法师说明来意，一是拿上次遗忘的书，二是带家人来上香许愿。乾了法师对我们一行微笑致意后，把我们引进了大殿。

殿前的铁香炉里，几簇香正燃着袅袅轻烟，看来刚有施主来过。乾了法师站在佛堂前替我们敲响木鱼，木鱼声便开始清幽地回荡在大殿中。法师口中开始小声地唱念经文，整个大殿的气氛一下变得庄严起来。母亲神色凝重地从殿堂边上的木龛里取下香烛，走到佛像前的另一个铁龛里点燃香，然后站在神像前虔诚地礼拜，接着一一礼拜偏殿的各佛。我们也学着她的样子紧随其后，礼拜着渐次走过。我虽不信佛，但看到母亲能在这些佛事里有了精神的寄托，能开解内心的困闷，也替她高兴。

　　参拜完毕，乾了法师一如上次，约我们到右厢房做客。喝着茶，我与乾了法师略说了家里的困境。我说："来寺庙上上香，或许能解母亲的烦忧。"乾了法师还是微笑，我的话颇像一阵风，从他的脸庞拂过，不留一点痕迹。他给我们说了这样一个故事：很久以前，有个禅师叫从念，执意要去清凉山（五台山）参访，原因是清凉山上常有文殊菩萨示现瑞相，诚信佛子们都十分向往，他也一样。后来一位没有留名的僧人作了一首诗偈相送："何处青山不道场，何须策杖礼清凉？"意思是，只要心灵欢喜清静，哪一座青山，哪一个地方不是修行的道场？你又何必执着于名义上的清凉山，大老远地拉着手杖跑去参访呢？

　　如此说来，我们此番上香的目的，无异于缘木求鱼了？我心里想着他的话，起了满心的困惑，但又不好说出来。乾了法师依然是一眼就看穿我。于是接着笑笑说："传教的人，就像是在河里摆渡的船一样，摆渡的人摇着智慧的橹，奉献一生的时间和心力，来指引众生的心灵之路，将众生的心灵从此岸渡向彼岸，这就是佛门存在的意义。"我听了，释然了许多。母亲和姐姐也一边听着，一边点头，若有所思。

　　礼拜完后，乾了法师把我们带到寺庙后参观后院景观。寺庙就紧贴着大头岩山石，在巨大的岩石下，一块清幽的平坦的空地上，整齐地摆放着几张大桌和若干凳子。听法师说那是附近的村民不定时地到寺里听法师讲经诵佛，一起吃斋礼佛用的。桌椅正对着的，是大头岩里的岩洞口，这个岩洞就像一尾大头鱼的嘴，张翕着呼出沁凉的空气。据说内有漂亮的钟乳石，是值得一看的。但日前刚下过大雨，洞里潮湿地滑，不宜入内。

　　"你们听——"法师微笑着把手放在耳边，示意我们侧耳倾听。

在洞外，我们能清晰地听到从洞里传出水滴敲打在岩石上的声音，那滴水穿石的声音掷地有声，像洞穿了幽深处的黑暗与混沌，穿过幽远的时光击打在我们心上，让人不由为之一振。大自然赋予一滴水相同的属性，却赋予不了它们相同的命运。有些水，流入泥土里灌溉原野，有些水，被阳光蒸发得无影无踪，更多的水，随大流流向未知的远方。而被岩石阻挡的那些水，却借着自然下落的力量击打着坚硬的岩石，用艰难而持久的毅力穿凿着前行的阻力，才被人赋予深刻的生命哲学。

再次准备离开弘扬寺的时候，乾了法师告诉我们，在禅房的侧面有一些石头，那些石头正是开山建寺的时候，村民们发现并送还给寺庙的，如果喜欢可随意挑选。我们走近看着，有些石头石质不错，有些石头颜色不错。母亲让我选了几块不错的黄蜡石回去，给喜爱书法的父亲刻个章，也让父亲欢喜一下。我们和孩子们马上扎进了石头堆里，选得不亦乐乎，孩子们发现颜色鲜艳的石头，便叽叽喳喳快乐地表达他们的发现。夕阳西下，赤红色的晚霞斜照着整个寺庙，把那些石头照得通体温润。回头，我看见乾了法师对我们微笑作揖后缓慢地走回厢房，灰色的僧袍在晚风中微微拂动。我突然领悟，法师不着痕迹的善举，竟有意无意地让我们忘记了许多来时的烦恼，在一心一意为家人做事的时候，那些为亲情的布施快乐已经替代了先前的不快，参禅的快乐，已经有意无意地浸润于我们的举手投足间了。抚摸着那些温润的石头，内心竟然变得宁静与柔软起来。遂又想起一首诗："或淡或浓施雨去，半舒半卷逆风来。为怜途路无栖泊，却把柴扉永夜开。"这是佛门之人为路途漂泊者昼夜打开柴扉供中途安顿栖息的诗。而乾了法师在这一刻，也为我们敞开了一扇温暖的柴扉。

　　我又想到一位研习周易的朋友曾建议我也刻个私章，用另一个名字，这样更利于扭转运势。当时我半信半疑，一直没有行动。一是觉得这个章刻完没处使，我既不写书法也不作画，刻了也没有用途，二是想命运总是要靠自己去掌握，不能把扭转命运的砝码放在一个私章上，于是就这么搁浅了。但内心又偶尔担心没有循着这位朋友的忠告去践行，怕运势得不到好的转机，心里有几分忐忑。现在想到法师说的那个"何处青山不道场"的故事，心里开始坦然了。我们难免喜欢这样，把命运的筹码加在别人身上，习惯于心外求法，山重水复，千里跋涉，却忘记了自己的心灵才是获得胜算的最大筹码。

　　走出弘扬寺，忍不住回头张望，黄昏中的寺宇依然庄严持重，在山林的映衬下，好像又多了几分禅意。

原载《广西文学》2015 年第 8 期

在生活的接缝口

一

我熟知这个小县城里百分之八十以上的缝补摊点。

它们主要分布在城中、城西，在那些不显眼的街道拐角处、巷子深处、大路边的某棵树下。有一些摊主，直接把摊摆在自己家里，靠着嘴巴宣传招揽生意，这样既省了搬动，又节约了摊位费，还能照顾到家里。城东没有，这或者因为城东是新近开发的热门区，在这里，上海城、巴黎城、碧桂园这些大型房地产公司所开发的楼盘大片大片地拔地而起，就像城里的富人区一样。城北也没有，那是相对集中的机械工业区，在那一带，只有大量的汽车配件、维修中心，机械刚硬冰冷的寒光与布匹发出的馨暖让不同的城区有了不同的质地。而城中、城西，是老区，绝大多数普通市民居住在这一带，密集而层次丰富，那些缝补的摊点，就散落在这密集的市区当中。

我说我熟知这些摊点，是因为多数摊点我都"造访"过，我去那里缝补过很多衣服。当然这并不是要夸耀自己有多么勤俭，实际那是对浪费之后的一种补救。我是个喜新却不厌旧的人，在网上不停地买衣服，新的难免不合适，就得拿去改，旧的也不舍得扔。有些穿着舒服的衣服，能穿上十来年。这些衣服也好，鞋子也好，它们合身、合脚，穿久了，磨合得就像身体的一部分，换掉便不舍。而穿旧的衣服，总是会出点问题。例如，某条裤子松紧带坏了，便花几块钱去换个新的，又可以再穿；裤角滑线了，拿去缝补小摊，让裁缝帮你踩两脚，再拿电熨斗一熨，那裤角便又像新的那样笔直。哪里破了个洞，但凡觉得这件衣服还不舍得扔，便又去找裁缝了。有时候买回来的衣服款式颜色都喜欢，但也会有宽窄不合的情况，这时候我不会选择退货，而是又去找缝补人去了。

我遇到的裁缝，他们的水准也不一样。拿到衣服，有些会让我把要修改的衣服再穿一次，有的，只是目测，便知道你要改成什么样。每一次，我都对那些即将改好的衣服充满了期待。我觉得缝补人就像这个世间的润滑剂一样，他们在人与生活的裂缝中，穿针引线地把它们缝合在一起，在还不是那么富裕的人群中，为别人弥补生活中的小漏洞，给别人的生活带去方便。

小时候家里有三个姐弟要养活，家里生活一直都是捉襟见肘的。在初中毕业前，我对衣服没有任何概念，只记得身上只有两三套衣服换来换去，冬天的外套棉衣就只有一件。而母亲为了保证我们有足够的衣服可以替换，换下来的衣服总是要连夜洗，最迟也不会超过第二天的早上。"穷"是母亲经常挂在嘴巴上的字眼，因此我从来不敢要求母亲为我买什么新衣服，即使好不容易在商店看到了漂亮衣服想买，鼓足勇气向母亲表示时，也总是会被母亲一口拒绝，久而久之我很少再提起买衣服的要求。直到初中毕业时，我接到通知要去参加中师面试，才发现根本没有一件像样的衣服可以穿。而那时候买几套好衣服也已经来不及了，母亲只好找左邻右舍的大姐姐借了两三套衣服，这样才勉强应付了。从那时起，想有一身漂亮衣服的概念才突然入了心并异乎强大地膨胀了起来。

我无法说出那时候心里是多想有新衣服，看着那些家境较好的女同学身上穿着各种花裙子摇曳生姿，而我几乎不懂穿裙子是什么感觉。有一段时间，我记得我们一直都穿着小姑做饲料生意作为赠品的那些 T 恤。那上面印着"正大饲料"的字样，然而这样的衣服我们却穿得美滋滋，甚至觉得是一种光荣。那些赠送品，质量比我们穿着的任何一件衣服都柔软透气。关键是，穿上这种正规公司赠送的衣服，意味着你的家族中有人从事着这声名显赫的正牌生意，这便与"有钱"沾上了一些关系。在那个尚不富裕的年代，浅浅地满足着一个女孩子的虚荣心。但后来才知道，我们穿的这身衣服被同学们在暗地里笑了好久。直到上了高中，二十世纪九十年代末，家里的状况好些了，母亲才偶尔给我们买一两件新衣服。然而这缓慢的进步，并不能满足我突然觉醒的穿衣观，那时候，作为一个女孩子的爱美之心，青春期的突然萌动，让我开始对身上穿的衣服产生了强烈渴望。但毕竟高中、大学经济上也是紧张的，加上又处在求学阶段，我也只好按压住内心的欲望，先把书读好，想着等以后大学毕业，出去工作，自己挣钱为自己买一柜子的漂亮衣服。

然而我工作后也不富裕，收入仅能养活自己。但在自己能承受的范围内，我为自己拼命地买衣服去弥补曾经买不起衣服的遗憾。昂贵的衣服我是舍不得买的，对衣服纵然渴望，我也不舍得花上超过四分之一的工资去买一套衣服。那时候县城里有一个农贸市场，市场里摆满了各种为了满足人购物欲望的地摊货。而我，是经常往地摊里钻的人。

买回来的衣服质量自然不会太好，要么裤腿长了要剪一截，要么这里吊点线头,那里不是那么对称,然而我对从农贸市场买回的衣服却特别满意。因为千千万万件衣服里,也总有一些质量是相对好和适合自己的。我买的衣服,也常常被同事问及在哪里买的,她们觉得实惠好看。于是在工资不高的相当长一段时间内,农贸市场仍然是我买衣服的重要场所。后来生活渐渐没那么拮据了,也开始在网上购物。然而网购的衣服也难免有不合适的时候。而我是懒惰的人,不想再去经历复杂的退换手续,因此只好又是找缝补人去修改一下。

二

刚毕业出来,我工作的地方在县城西北,那是闹市区。我每次选的缝衣服的地方,都是在上班的路上。这样可以方便我上下班时顺路取货。恰巧我上班的这个地方,路边有许多的地摊,配锁的、修鞋的、修表的、刻章的、补胎的,一路排过去,热闹而杂乱。车子从他们前面不停地驶过,他们只顾着低头做自己的事。这些地摊我几乎全部光顾过。我常常感激这些小小的不起眼的摊点,它们经常为我们的生活解决燃眉之急。例如上班的时候自行车突然爆胎或者漏气,推几十米,到补胎地点三下两下就能解决。又例如把钥匙弄丢,赶紧去配钥匙的地方加配几把,这样不至于连家门也进不了。那位常年在电影院门口修鞋的阿姨,据说靠着自己的收入,愣是把孩子送上了名牌大学;那位帮人刻章的大爷,是一位民间书法家,逢年过节就到街上,免费给百姓们写上上百副对联;而这条街上,我去得最多的,还是周姐家,那个在家里辟出一块院子,专门帮人改衣服的周姐。周姐其实是两姐妹,她们缝补衣服在这条街上很有名气，有时候，小周姐与大周姐会轮流着出到街上，一个专门在街边接收别人送来的衣服往里传，一个在里面嗒嗒嗒地踩着缝纫机。姐妹俩收的衣服，把整个院子都堆满了。有几次我去拿衣服，大周姐从一堆衣服里抬起头看我，然后猛然想到了什么一样地说："呀，你的我还没改，太忙了……你改什么来着？"

说着转身在她身后的那堆衣服里凭印象找着我的衣服。还是我自己从那堆五彩斑斓的衣服里把自己的衣服找了出来，说："就这个，帮我改腰身，太宽了。"

大周姐展开我的裙子，一条从网上买的雪纺碎花裙，十分好看。周姐拿着裙子的腰身在我身上比了比，说："没有多宽哪，还是不改吧？"

我说就是太宽了，要改。大周姐有气无力地说："唉，我忙不过来呀。"说完拿着尺子起身，帮我量腰身。量完腰身让我回去再等几天才来。

周氏姐妹是我所知道的靠缝补衣服过上称心生活的能人。在那个年代，没有多少人可以富到衣服出点小问题就舍弃的程度，多数人衣服还是要靠修改，让衣服更合适自己，也是让生活变得更合适自己，接受"缝缝补补又三年"的相对拮据现状。

那么不巧，我踩着小周姐说的时间去拿我的衣服，遇见了他。遇见的那一刻我才想起，以前听他说过，他家是住在这个小区的。但他从来没有邀请我到他家一次，尽管我们同住在县城，尽管车程不过十分钟。

两年前的一个春寒料峭的晚上，他跟我说，我们不合适，于是自己消失在了冷雨中。我们在大学就恋爱，一直到毕业。我原以为我们可以走到最后，结婚生子，幸福美满。但后来他渐渐地不再找

207

我，总以工作忙为由疏远我，我惊慌失措地到处找他，直到把他追问到无处可躲，直到他毫不留情地说出要跟我分手。

我在雨中悲伤地痛哭，那天我穿的是他大学时送的棉衣，后来我直接把棉衣脱掉扔在了地上。我愤怒，我无法接受这横在眼前的巨大的沟壑，它让我再也看不清眼前的人，我们像站在两个山崖上的人，无法重逢。我不知道沟壑什么时候形成的，也许一开始只是一条小小的缝隙，只是我的后知后觉，让它发展成了一条无法逾越的巨大峡谷。我想，爱情其实是一件针织毛衣，它完整的时候，给人带来温暖，但只要有一处漏线，不及时弥补，线就会无限滑走，直到一件毛衣变成一堆凌乱不堪的线。

就这样，我的生活像一团乱麻，那晚我独自一人淋着冷雨回去，大病一场，后来的几年中我一直处在抑郁愤懑中，无处释怀。

我们不合适。只有五个字的话，像一阵狂风轻易地就把我刮倒。哪里不合适，我也不知道。只知道后来他找了一位门当户对的高干家的女孩做了妻子。由此我慢慢地回忆起我们在一起的时光，原来缝隙早已存在。例如我爱吃街边的小吃，他会反对，说那是垃圾食品；我爱买便宜的衣服，他说没档次；我长了一脸的痘痘，他便不与我下课走在一起；我把头发披在肩上，他说你得把头发盘到头上去……我终于知道，我只是一位灰姑娘，而他家世显赫，家境富裕。我们是有距离的。

但我天真地以为爱情可以战胜这些距离，这些缝隙。直到有一天，他把这个事实告诉了我，我还沉浸在要与他结婚的憧憬中。

现在，他看看我，又看看我手中的塑料袋，便猜出了几分。我们都没有向对方打招呼，最后像陌生人一样扭头朝着各自的目标走远。

人与人之间的缝隙，有些是无法弥补的，但好在，我们仍然可以缝补一些自己可以缝补的裂缝，让生活变得更妥帖一些，就像一件合体的衣服，妥帖成为自己身体的一部分。

那道巨大的裂缝早已随时间的流逝和新人的到来慢慢消失，我在幽暗的时间山洞里不停地舔舐和缝补伤口，不让它们汩汩流血。我知道我们不能因为悲痛，就往无底的山崖下纵身一跃，我们还得回到生活的缝纫机前，继续缝制得体的衣服把自己包裹得安全温暖，让自己体面地生活下去。

三

时间滑过许多年。生活渐渐有了起色，我的工作地点换到了城西南——其实仍在同一条主街道上，只是从街头到了街尾。比起刚出来工作的闹市区，这边便清静多了。但我仍可找得到附近的缝补摊点——一位在单位隔壁住宅小区的中年妇女，每天都坐在进入小区的巷口，告诉过往的人们，她那儿可缝补衣服。

比起周氏姐妹，毛姐这边冷清多了。小区离得近，与我们仅一墙之隔。我从办公室的窗户往外看，就能看见毛姐坐在她家里车衣服。她的身体很瘦弱，低着头，发丝散落着捆在脑后，几根刘海无力地垂在额前。她的缝纫机靠窗，我甚至能看见摆在缝纫机边不同颜色的衣服。看见她我才突然想起前几天我拿过两件衣服去让她改。即将下班的时候，我提前离开单位，步行到了她家。

她家住的还是二十世纪七八十年代建的筒子楼，一条公共走廊把所有人的房子都连通起来的那种。她的家住在走廊的最里面，外面这家人在自己家门口装了一个铁道门，把里面那两户人家都锁在了里面。

我敲了敲锁，远远地叫了一声毛姐。

毛姐拿着一把钥匙，穿过长长的楼道给我开门。我注意到她走路的姿势一拐一拐的，一条受伤的腿拖住了她的速度。开门的时候，她刻意地低着头，但我仍能看见她的脸上有淤青，眼睛是长时间哭过的红肿。

我默默地跟在她身后走进了她家。与大多数做缝纫的个体户家一样，一如既往地拥挤和简陋。改衣服的房间应该是她的卧室，一张床上放着几件要改的衣服，一张旧桌子上也摆着几件有塑料包装的衣服。她的缝纫机靠在窗前，十几卷不同颜色的线圈整齐地摆放在缝纫机边上。这样热的天气，房间只有一台可怜的风扇在转。我一进去，汗水直往外冒。

她给我倒了杯白开水，伸过来的手上能看到皮外伤。

我还是忍不住问了她身上那么多的伤是哪儿来的。她眼圈又一红，欲言又止。

我忽然听见一阵响亮的呼噜声，紧接着，这声音送来了一股浓烈的酒味。我皱了皱鼻子，被毛姐看在眼里。

她尴尬地笑笑说："不好意思，家里那位喝醉了，在里屋睡着呢。"说着她转身过去把里屋的门关上，那呼噜声连同酒气一下被关在了房间的另一边。

衣服被改得很合身，细密的针脚把那条滑了线的衣服缝得严严实实。我夸毛姐手艺好，说以后都到她这儿改了。毛姐的脸上有了一丝欣慰，她连说自己一无是处，就只会做点手工活了。但我知道，改个裤脚几乎是所有缝补活里最简单的一种，做好了也就两三块钱，改个腰身也就十多块。拆拆缝缝上上下下走半天线，也就赚那么一碗粉的钱。可以想象如果手脚不麻利，一天赚不了几个钱。

一个稚嫩的声音从走廊那边传来，一位瘦瘦的小女孩背着书包欢快地走了进来，大呼着"妈妈妈妈我渴了"。毛姐赶紧放下手中的衣服，给女儿倒了杯水。

我问毛姐还干点别的什么活吗，毛姐摇头："我们农村出来的，不识字，也不会别的手艺，就只会缝几件衣服。"

我不知道说什么。我付了钱，说下次还有两件衣服要补，过两天再来，就走了。走时看见小女孩已经趴在缝纫机旁的小桌子上写起了作业。那房间里的呼噜声仍断断续续，但母女俩仿佛已经习以为常了。

过了两天，我把拿衣服的事给忘了。那天正上着班，电话竟响了起来。

是毛姐打来的。她问："妹，你不是说有衣服要改吗？我现在有时间，你有空就带过来。"

"好哇，"我说，"我明天带过去。"我觉得奇怪，平时，她从来不会主动打电话让人带衣服去缝补。难不成生意太少，而我成了她依赖的主要顾客？

我找了两件谈不上必须改的衣服，又到了毛姐家里。毛姐看见我来，笑着说："你看，我有时能看见你在上班呢。"我说："是，我们离得很近。"那天孩子还没有回来，也没有听见呼噜声，毛姐仿佛一身轻松。

我说了要改的地方，毛姐看了看，轻轻地把衣服放到了一边。她进厨房去给我盛了一碗玉米糖水，那种被熬得糊糊糯糯的黏稠液体。我有些受宠若惊，作为一名普通的顾客，我在这里享受到了家人的待遇。不好推辞，接过来喝了一口，那味道真不错。我连夸着毛姐，说她手巧，毛姐不好意思地说："妹呀，我这么一无是处的人，也就是你才这么夸我了。"说完眼睛又湿润了。

"妹，"毛姐看着我说，"姐是没有单位上的人，没钱也没门路，家里这位在外面开三轮车，也没啥收入，孩子要上小学了，想进附近的小学，你看你有没有熟的人能帮帮忙啊?"

"这……"我没有想到毛姐突然会跟我提这样的问题，我也不懂为什么她会认为我值得信任并托付，但我一开始便生出了一种逃避感——这类事情是我最不擅长的。我想拒绝，但看到她柔弱无助的眼神像一片海一样漫了过来，回避的态度不知怎么就变成了应允。

我终于凭着朋友的关系，帮她解决了孩子的择校问题。她对我感恩不尽，之后我拿去的衣服，她一概不要钱，还经常约我到她家去喝茶——尽管她那简陋的家里也没有什么好茶。我有时候会去，也有很长的时间由于工作忙没去。但在工作时，会偶尔望出窗子，看正在专心地改衣服的她，听缝纫机运转的声音从楼房那边传过来。有时候她与家人吵架的声音撕裂着我们之间的空气。看见她又偷偷地抹眼泪，我会快速地转过头去，或者消失在我办公室的窗前。有时候也会看到她放学的女儿跑着跳着穿过那条长长的走廊，她开心地迎上去，把孩子抱在怀里。

四

就这么几年又过去了。我们的工作单位换到了城东，那个新经济开发区。周边的高大建筑也在拔地而起，各种高档小区越来越多，处处彰显着一种生活越来越好的迹象。

但这边没有缝补人。每次我想缝补东西的时候，要绕好大一个圈，才到毛姐家，有时候一忙，也会忘记去拿衣服，直到毛姐电话打来。

收入渐高，我也渐渐地不再去买地摊货，需要缝补的衣服也越来越少。我去毛姐家的次数也越来越少，后来渐渐地没有了联系。诚然，每个人都有各自的生活轨迹，有些人只是生命中的过客，每个人只能载着自己生命中的悲欢，自己走过。

我仍然想念毕业后刚参加工作时常路过的闹市，想念那繁多又无所不能的小摊点。但近二十年过去了，那些摊点上的老人，有的已经过世，有的行业已经消失，例如，我再也找不到那个修手表的老人，那个刻章又能写书法的老人。每次当我开车经过那片闹市的时候，会想念那些旧电影一样的画面。

我又时常想起毛姐，不知道她现在过得怎样。这几年，街上已不准三轮车运营。毛姐的丈夫做什么来养活那个家？生活越来越好，改衣服的人越来越少，毛姐的生意是不是越来越淡了？有一次拿着两件衣服真的回到那个筒子楼去找她，才知道她早已不住在那里。

他们搬去哪儿了呢？我在街上散步，饿了，在一条夜宵摊点集市中随便找了个摊点要了杯冷饮。

"小妹，你想要喝点什么？"一个声音传来，听着觉得有点耳熟。

"你这儿有什么呀？"

"有玉米糖水，有绿豆沙，有黑米粥，还有龟苓膏……"

"我要一杯玉米糖水吧。"我看向那位女摊主。猛然发现，一个消瘦而熟悉的身影，在夜晚的灯光下，正怔怔地看着我，脸上露出惊喜又欣慰的笑。

原载 2022 年《民族文汇》第 3 期